杨武能译
德语文学经典

里尔克抒情诗选

〔奥〕里尔克 著

杨武能 译

商务印书馆
The Commercial Press

图书在版编目（CIP）数据

里尔克抒情诗选 /（奥）赖内·马利亚·里尔克著；杨武能译 .—北京：商务印书馆，2023
（杨武能译德语文学经典）
ISBN 978-7-100-21921-1

Ⅰ. ①里… Ⅱ. ①赖… ②杨… Ⅲ. ①抒情诗—诗集—奥地利—现代 Ⅳ. ① I521.25

中国版本图书馆 CIP 数据核字（2022）第 249259 号

权利保留，侵权必究。

杨武能译德语文学经典
里尔克抒情诗选
〔奥〕里尔克 著
杨武能 译

商务印书馆出版
（北京王府井大街36号 邮政编码100710）
商务印书馆发行
北京艺辉伊航图文有限公司印刷
ISBN 978 - 7 - 100 - 21921 - 1

2023年3月第1版	开本 880×1230 1/32
2023年3月北京第1次印刷	印张 4½

定价：29.00 元

序一

《杨武能译德语文学经典》序

王 蒙

熟知杨武能的同行专家称誉他为学者、作家、翻译家"三位一体",眼前这二十多卷《杨武能译德语文学经典》收德语文学经典翻译,足以成为这一评价实实在在的证明。身为大学教授和博士生导师的杨武能,尽管他本人早就主张翻译家同时应该是学者和作家,并且身体力行,长期以来确实是研究、创作和翻译相得益彰,却仍然首先自视为一名文学翻译工作者,感到自豪的也主要是他的译作数十年来一直受到读者的喜爱和出版界的重视。搞文学工作的人一生能出版皇皇二十多卷的著作已属不多,翻译家能出二十多卷的个人文集在中国更是破天荒的事。首先就因为这件事意义非凡,我几经考虑权衡,同意替这套翻译家的文集作序。

至于杨教授为数众多的译著何以长久而广泛地受到喜爱和重视,专家和读者多有评说,无须我再发议论了。我只想讲自己也曾经做过些翻译,深知译事之难之苦,因此对翻译家始终心怀同情和敬意。

还得说说我与杨教授个人之间的交往或者讲情缘,它是我写这篇序的又一个原因,实际上还是更直接和具体的原因。

前排左一为中国作家协会副主席冯牧，左五为中宣部副部长周扬，左七为对外文委主任林林；二排左三为王蒙，左五为德国大诗人恩岑斯贝格；三排左二为杨武能

陪德国作家游览十三陵

1980年,我奉中国作家协会指派,全程陪同一个德国作家访问团,其时还在中国社会科学院跟冯至先生念研究生的杨武能正好被借调来当翻译。可能这是访问我国的第一个联邦德国作家代表团吧,所以受到了格外的重视。周扬、夏衍、巴金、曹禺等先后出面接待,我和当时的小杨则陪着一帮德国作家访问、交流、观光,从北京到上海,从上海到杭州;到了杭州,记得是住在毛主席下榻过的花家山宾馆里。

一路上,中德两国作家的交流内容广泛、深入,小杨翻译则不只称职,而且可以说出色,给德国作家和我们留下了深刻印象。我和他当时都还年轻,十多天下来接触和交谈不少,彼此便有所了解。后来尽管难得见面,却通过几次信,偶尔还互赠著作,也就是仍然彼此关注,始终未断联系。比如我就注意到他一度担任四川外语学院的副院长,在任期间发起和主持了我国外语

2018年,中国现代文学馆马识途百岁书法展,老哥儿俩最近的一次喜相逢

界的第一次大型国际学术研讨会；知道他因为对中德文化交流贡献卓著，获得过德国国家功勋奖章和歌德金质奖章等奖励；知道他前些年在广西师范大学出版社出版《杨武能译文集》，成为我国健在的翻译家出版十卷以上大型个人译文集的第一人，如此等等。不妨讲，我有幸见证了杨武能从一名研究生和小字辈成长为著名译家、学者、教授和博导的漫长过程。

杨教授说，像我这么对他知根知底且尚能提笔为文的"前辈"，可惜已经不多，所以一定要把为文集写序的重任托付给我。我呢，勉为其难，却不能负其所托，为了那数十年前我们还算年轻的时候结下的珍贵情谊！

序二

文学经典翻译与翻译文学经典

许 钧[*]

近读乔治·斯坦纳的《巴别塔之后——语言与翻译面面观》，书中有这么一段话："为了接近古人，得到精确的回响，每一代人都会出于这种强烈的冲动重译经典，所以每一代人都会用语言构筑起与自己相谐的过去。"[①]重译经典，在我看来，绝不仅仅是为了接近古人、构筑过去，而更是赋予古人以新的生命。文学经典的重译，就其根本意义而言，是文学经典重构与生成的过程。我一直认为，一部好的文学作品，一定呼唤翻译，呼唤着"被赋予生命的解读"。没有阐释与翻译，作品的生命便会枯萎。是翻译，不断拓展作品生命的空间，延续作品生命的时间。以此观照商务印书馆即将推出的《杨武能译德语文学经典》，我想向德语文学经典新生命在中国的创造者、杰出的翻译家杨武能先生致以崇高的敬意。

---

[*] 浙江大学文科资深教授，中华译学馆馆长。

[①] 斯坦纳.巴别塔之后——语言与翻译面面观［M］.孟醒.译.杭州：浙江大学出版社，2020：34.

一个杰出的翻译家,需要具有发现经典的眼光。我和杨武能先生相识已经快35个年头了。1987年,我在南京大学读研究生,主攻文学翻译与研究,那时杨武能先生因为重译了郭沫若先生翻译过的《少年维特之烦恼》,在国内文学翻译界声名鹊起,影响很大。时年5月,南京大学召开中国首届研究生翻译研讨会,南京大学研究生翻译学会让我与杨武能先生联系,我便向他发出了诚挚的邀请,恭请他出席研讨会做主旨报告,指导后学。那次报告的具体内容我已经记不清了,但我永远忘不了在会议期间的交谈中他叮嘱我的一句话:"做文学翻译,要选择经典作家。"选择,意味着目光与立场。梁启超曾在《变法通议》中专辟一章,详论翻译,把译书提高到"强国第一义"的地位。而就译书本

1985年,南京大学召开中国首届研究生翻译研讨会,我和杨先生及会议主办者合影于南京大学大门前。中间者为杨先生

身，他明确指出："故今日而言译书，当首立三义：一曰，择当译之本；二曰，定公译之例；三曰，养能译之才。"梁启超所言"择当译之本"，便是"译什么书"的问题。他把"择当译之本"列为译书三义之首义，可以说是抓住了译事之根本。回望杨武能先生60余个春秋的文学翻译历程，我们发现，从一开始他就把"择当译之本"当成其翻译人生的起点与基点。选择经典，首先要对何为经典有深刻的理解。文学经典，是靠阅读、阐释与翻译不断生成的。一个好的翻译家，不仅要对经典有自己独到的理解与领悟，更要在准确把握原文意义的基础上，把原文的精神与风貌生动地表现出来，让文学经典成为翻译经典。60余年来，杨武能先生翻译了近千万字的德语文学作品，无论是古典主义的《浮士德》、浪漫主义的《格林童话全集》、现实主义的《茵梦湖》，还是现代主义的《魔山》，每一部都堪称双重的经典：文学的经典与翻译的经典。首创性的翻译，是一种发现；成功的重译，是一种超越。我曾在多个场合说过，翻译，是历史的奇遇。一部好的作品，能遇到像杨先生这样好的译家，那是作家的幸运，也是读者的幸运。

一个杰出的翻译家，需要具有创造的能力。发现经典、选择经典是文学翻译的起点，而要让原作在异域获得新的生命，则需要译者付出创造性的劳动。莫言在诺贝尔奖颁奖典礼上发表感言时说："我还要感谢那些把我的作品翻译成世界很多语言的翻译家们，没有他们创造性的劳动，文学只是各种语言的文学，正是有了他们的劳动，文学才可以成为世界的文学。"创造性，是翻

1985年《译林》创刊5周年招待会上,与杨先生及诗人兼翻译家赵瑞蕻合影,左二为杨先生

译应具有的一种精神,也是历代译家所追求的一种境界。杨武能先生深谙翻译之道,他知道,一部文学佳作要在异域重生,需要翻译家发挥主体性,不仅译经典,更要还它以经典。早在1990年,他就撰写了《文学翻译与翻译文学:兼论翻译即阐释》一文,在文中明确区分了文学翻译与翻译文学的概念,指出:"要成为翻译文学,译本就必须和原著一样,具备文学一样的美质和特性,也即除了传递信息和完成交际任务,还要具备诸如审美功能、教育感化功能等多种功能,在可以实际把握的语言文字背后,还会有丰富的言外之意,弦外之音,以及意境、意象等难以言传、只可意会的玄妙的东西。"[①]基于这样的认识,他对文

---

① 杨武能.译翁译话［M］.杭州:浙江大学出版社,2020:279.

学翻译应达到的高度有着自觉和积极的追求。他认为,"面对复杂、繁难、意蕴丰富、情志流动变换的原文",译者不能"消极地、机械地转换和传达或者反映",应该主动"深入地发掘、发扬和揭示"。为此,他调遣各种可能,去创造性地重现《少年维特的烦恼》中蕴含的多重情致与格调,传达《魔山》独特的哲理性与思辨性,"再现大师所表达的丰富深刻的思想、精神,感受、再创杰作所散发的巨大强烈的艺术魅力"(见《译翁译话》第82页)。

一个优秀的翻译家,应该具有不懈求真的精神。杨武能先生译文学经典有一个明确的目标,就是要"创造传之久远的、能纳入本民族文学宝库的翻译文学,要创造美的翻译和美玉、美文"(见《译翁译话》第19页)。文学翻译,要具有文学性,具有审美特质,具有美的感染力。作为一个优秀的翻译家,杨武能先生清醒地知道,当下的文学翻译界对于"美"的认识存在着不少误区,甚至有的把翻译之"美"简单地等同于辞藻华丽。他强调说明:"我翻译理念中的'美',指的是尽可能充分、完美地再创原著所拥有的种种文学美质。而非译者随心所欲地想怎么美就怎么美,更不是眼下一些人津津乐道的所谓的'唯美'。"(见《译翁译话》第19页)换言之,追求翻译之美,在于追求翻译之真,需要有求真的精神。再现美,首先要把握原作的美学价值与审美特征,为此必须对原作有深刻的理解。杨武能先生在文学翻译中始终秉承科学求真的精神,对拟译的文本、作家有深入的研究、不懈的探索,坚持在把握原文的精神、风格与特质的基础上再现原作之美，以达到形神兼备。翻译与研究互动，求真与求美融通，构成了杨武能先生文学翻译的一大特色，也因此铸就了杨武能先生翻译的伦理品格。

发现经典、阐释经典、再创经典，这便是杨武能先生的文学翻译之道。杨武能先生的译文，数量之巨、涉及流派之多、品质之高、影响之广，难有与之比肩者。开风气之先，以翻译不断拓展思想疆域的商务印书馆陆续推出《杨武能译德语文学经典》，这在中国的文学翻译出版史上是件大事，可喜可贺。在《杨武能译德语文学经典》即将与读者见面之际，杨先生嘱我写序，我欣然从命。一是因为我们有特殊的校友之情，在南京大学建校110周年之际，我曾写过一篇文章，题目叫《一直引着我前行——我心中的杰出校友杨武能先生》，对这位前辈校友，我心存感激：

2018年，中国翻译史上的大事件：中华译学馆成立！照片中前排左一为唐闻生，左三为杨先生，左二为本人

在我的翻译与翻译研究之路上,在我前行的每一个重要的路段,在我收获的每一个重要的时刻,都有他留下的指引的闪光。南京大学有幸有杨武能先生这样杰出的校友,他的杰出不仅仅在于他卓越的学术建树、他在国际日耳曼学界广泛的影响,更在于他在与后学的交往中所体现出的一种榜样的力量。二是因为我深知这是一份重托:前辈的文学翻译之路,需要一代代新人继续走下去;前辈的翻译精神,需要后辈继承与发扬。让我们从阅读《杨武能译德语文学经典》开始,追随杨武能先生,以我们用心的细读和深刻的领悟,参与经典的重构,让外国文学经典在中国的新生命之花更加灿烂。

2021年8月1日于南京黄埔花园

自序

天时·地利·人和
成就译翁"一世书不尽的传奇"

我应约写过一篇《我的外语生涯》①，回顾自己半个多世纪学外语、教外语、担任外语学院领导，以及使用外语做学术研究和进行国际文化交流的点滴往事和心得，以庆祝中国共产党成立100周年。这回我再写一文介绍我的翻译生涯，作为即将面世的《杨武能译德语文学经典》的自序。

60多年以外语为生存手段，教书和学术研究是我的本职工作，说多重要有多重要；然而，我毕生心心念念的却是文学翻译，梦寐以求的是成为一名文学翻译家兼作家，文学翻译才是我真正的志趣、爱好和事业。眼前这套《杨武能译德语文学经典》，乃我60多年心血的结晶。它犹如一棵树冠如盖的巨树，树上结满了鲜艳夺目、滋味鲜美、营养丰富的果实；它长在一片土壤肥美、风调雨顺的大园子里。这座历史悠久的名园叫：商务印书馆！

---

① 选自：王定华，杨丹.人类命运的回响——中国共产党外语教育100年［M］.北京：外语教学与研究出版社，2021.

开编新闻发布会上,巴蜀译翁杨武能分享从译60多年的经历与感悟

"译协影子会长"、译林出版社老社长李景端,一口气举出译翁创下的15项第一①

小子我从译之路漫长、曲折、坎坷,且不乏传奇色彩②。浙江

---

① 除了李景端,还有中国译协常务副会长黄友义先生和中华译学馆馆长许钧教授做了长篇视频致辞。

② 凤凰卫视2021年做了一期总题名为《译者人生》的专访,经"译协影子会长"李景端推荐,老朽被访了差不多一个星期,因为"他的故事多"。

大学出版社2020年出版的《译翁译话》、四川文艺出版社2017年出版的《译海逐梦录》和湖北教育出版社2000年出版的《圆梦初记》，都详述了我做文学翻译的经历和心路历程，这篇序文只摘取几个最奇异的片段，侧重说说我当文学搬运工一个多甲子的心得和感悟。一个多甲子啊，有几人熬得过……①

走投无路的选择

巴蜀译翁杨武能生于抗日战争全面爆发第二年的1938年，11年后新中国诞生时刚小学毕业。尽管当工人的父亲领着我跑遍山城重庆的包括教会学校在内的一所所中学，还是没能为他的儿子争取到升学的机会。失学了，12岁的小崽儿白天在大街上卷纸烟卖，晚上却步行几里路去人民公园的文化馆上夜校，混在一帮胡子拉碴的大叔大伯中学文化，学政治常识，学讲从猿到人道理的进化论。是父亲基因强大，我自幼便倾心于读书上学。

眼看我要跟父亲一样当学徒工

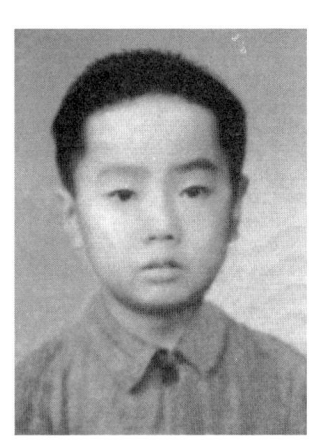

农民的孙子、工人的儿子，儿时的巴蜀译翁杨武能

---

① 一个多甲子从我得到李文俊、张佩芬提携，在《世界文学》发表译作算起，此前的小打小闹就不算啦。

重庆育才学校学生

了，突然喜从天降：第二年秋天，在父亲有幸成为其联络员的地下党帮助下，我"考取了"人民教育家陶行知创办的育才学校，进了重庆解放初唯一一所不收学费还管饭的学校！

在育才，我不仅圆了求学梦，还懂得了做人的道理。老师告诉我们要早日成才服务社会，还讲我们的目标就是实现电气化。于是我立志当一名电气工程师，梦想去建设想象中的三峡水电站。

毕业40年后回母校拜谒陶行知老校长

谁料，初中毕业时，一纸体检报告判定我先天色弱，不能学理工，只能学文，梦想随即破灭。1953年我转到重庆一中念高中，还苦闷彷徨了一年多，其间曾梦想学音乐当二胡演奏家或者歌唱家，结果也惨遭失败。后幸得语文老师王晓岑和俄语老师许文戎启迪、引导，才在走投无路的情况下选学外语，确立了先做翻译家再当作家的圆梦路线。

1956年秋天，一辆接新生的无篷卡车把我拉到北温泉背后的山坡上，进了西南俄文专科学校。凭着在育才、一中打下的坚实的俄语基础，我半年便学完一年的课程跳到了二年级。

高中学生杨武能

重庆一中毕业照（前排右一为王晓岑老师，右二为潘作刚老师，右四为唐珣季老师，右五为甘道铭校长，右六为刘锡琨副校长，右七为张富文老师，右八为陈尊德老师，右九为团委书记方延惠，右十为许安本老师，三排右三为我）

西南俄专,1957年元旦

与同班同学刘扬体等游北温泉公园

因祸得福出夔门

眼看还有一年就要提前毕业,领工资孝敬父母,改善穷困的家庭生活,谁知天有不测风云:牢不可破的中苏友谊破裂了,学俄语的人面临"僧多粥少"的窘境。于是我被迫东出夔门,顺江而下,转到千里之外的南京大学读日耳曼学,也就是德国语言文学,从此跟德语和德国文化结下不解之缘。这一做梦也没想到的挫折,事后证明跟因视力缺陷不能学理工才学外语一样,又是因祸得福。

南京大学学子

须知单科性的西南俄专,无论是硬件还是软件,都远远无法与老牌综合性大学南京大学相比。而今忆起在南大五年的学习生活,尽管远在异乡靠吃助学金过活的穷小子受了不少苦,仍感觉如鱼得水般地畅

天时·地利·人和　成就译翁"一世书不尽的传奇"　| xix

同班同学秋游中山陵，前排左三为挚友舒雨

本人是那个穿破裤子的裁判，注意：补丁是自己一针一针缝上去的

快，因为有了实现理想的条件和可能嘛。

要说南大学习条件优越，仅举一个例子为证：

搞文学翻译，原文书籍的获得和从中挑选出有价值的作品，实乃第一件大事；没有可供翻译的原文，真叫"巧妇难为无米之炊"。作为南大学子，我身在福中。师生加在一起不过百人的德语专业，拥有自己的原文图书馆不说，还对师生一律开架借阅。图书馆的藏书装满了西南大楼底层的两间大教室，整个一座敞着大门的知识宝库，我呢，好似不经意就走进了童话里的宝山。

更神奇的是，这宝山也有个"小矮人"守护！别看此人个头矮小，却神通广大，不仅对自己掌管的宝藏了如指掌，而且尽职尽责，开放时间总是坚守在自己的位置上，对师生的提问一一给予解答。从二年级下学期起，我几乎每周都得到这"小老头儿"的服务和帮助。起初我只是感叹、庆幸自己进入的这所大学真是个藏龙卧虎之地！日后才得知这位其貌不扬、言行谨慎的老先生，竟然是我国日耳曼学宗师之一的大学者、大作家陈铨。

不过我在南大的文学翻译领路人并非陈铨，而是叶逢植。20世纪五六十年代，叶老师

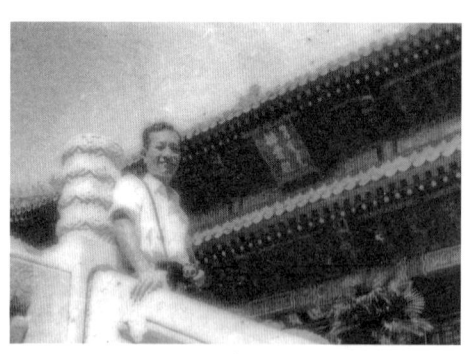

风华正茂的叶逢植老师

1982年陪叶老师走海德堡哲人之路

尚未跻身外文系学子崇拜的何如教授、张威廉教授等大翻译家之列。不过，我们班的同学仍十分钦慕他，对他在《世界文学》发表的译作，如席勒的叙事诗《伊壁库斯的仙鹤》和广播剧《人质》等津津乐道，引以为荣。

正是受叶老师影响，我才上二年级就尝试搞翻译，也就是当年为人所不齿的"种自留地"。1959年春天，《人民日报》发表了我翻译的非洲民间童话《为什么谁都有一丁点儿聪明？》，对我而言不啻翻译生涯中掘到的"第一桶金"。巴掌大的译文给了初试身手的小子我莫大鼓舞，以至一发而不可收，继续在小小的"自留地"上挖呀，挖呀，挖个不止，全然不顾有可能戴上"资产阶级名利思想严重"和"走白专道路"的帽子。

真叫幸运啊，才华横溢又循循善诱的叶老师在一、二年级教我德语和德语文学。在他手下，我不只打下了坚实的语言基础，还得到从事文学翻译的鼓励和指点，因此在那个物质和精神都极度匮乏的困难年代，我们之间建立起了相濡以沫的深厚情谊。

小译者发表习作的大刊物

可怜，待分配的肺痨书生！

《译翁译话》第一辑《译坛杂忆》，详述了鄙人"种自留地"拿稿费改善自己和父母经济生活，以及后来在叶老师指引下在《世界文学》刊发德语文学经典翻译习作的情况。想当年，中国发表文学翻译作品的期刊，仅有鲁迅创刊、茅盾主编的《世界文学》一家，未出茅庐的大学生杨武能竟一年三中标，实在不易。

南大德文专业1962年毕业照（前排右五为学生们敬爱的郭影秋校长，右四为系主任商承祖，右三为张威廉教授，右二为林尔康老师，右一为马君玉老师；二排右一为帅哥关群，右二为"痨病鬼"，右三为刘大方，右四为贾慧蝶，右五为张淑娴，右六为小三姐舒雨，右七为团支书曹志慕，右八为志愿军大哥何平谷，右九为王志清大哥，右十为"二胡"潘振亚，右十一为班长张复祥；后排左一为秦祖镕，左二为张春富，左三为杨明，左四为篮球健将陈达，左五为沈祖芳，左六为林尧清，左七为张至德，左八为马明远，左九为华宗德）

就这样，还在大学时代，我连跑带跳冲上了译坛，可也为此付出了沉重代价：毕业前一年，我患了肺结核，住进了郭影秋任校长的南大在金银街5号专为学生设立的疗养所。

1962年秋天毕业却因病不得分配，我寂寞、痛苦地在舒雨的陪伴下^①等待了几个月，才勉强回到由西南俄专发展成的四川外语学院报到。

毕业后头两年我还在《世界文学》发表了《普劳图斯在修女院中》和《一片绿叶》等德语古典名著的翻译。

谁料好景不长，1965年中国唯一一家外国文学刊物《世界文学》停刊了，接着就是十年"文革"，我的文学翻译梦遂成泡影，身心堕入了黑暗而漫长的冬夜。

否极泰来说"文革"

译翁对"文革"深恶痛绝，它不但粉碎了我做文学翻译家的美梦，还给年纪轻轻的小教员我扣上"反动学术权威"的帽子，仅仅因为我译过几篇古典名作而已。我父亲更惨，莫名其妙地就从革命群众变成"历史反革命"，被勒令到长寿湖学习改造，儿子自然也被划入了"黑五类"另册。业务再好，教学再努力，我当个小小教研室主任前边也得加个"代"字，真是倒霉到了极

---

① 舒雨，我的南大同班同学。身为老舍先生的三女儿，她身份显赫，生活优裕，却偏偏青睐我这个四川"小瘪三"。《译海逐梦录》里有一篇《小三姐》，写她为什么会陪我待分配，以及我在长江边上与她洒泪分别的情景。

1978年冬天，在导师冯至温暖的书房

1982年秋第一次到德国出席学术会议，会后随恩师冯至、叶逢植游览慕尼黑

点，憋屈到了极点！

正是太憋气、太受气，我才忍无可忍，才在1978年以40岁的大龄破釜沉舟：已经获得的讲师头衔不要了，抛下即将生第二个孩子的弱妻和尚年幼的女儿，愤而投考中国社会科学院冯至教授的研究生！

结果呢，我鲤鱼跳龙门，摇身一变成了歌德学者，成了"翰林院黄埔一期"①的一员！

若不是"文革"逼我铤而走险，十有八九小子我还是一名德语教员，充其量也就能奋斗进黄永玉老爷子所谓"满街走"的教授队列。

"文化大革命"把偌大

---

① "翰林院"系中国社会科学院研究生院当年的谑称。1978年恢复研究生制度，在"人才难得的呼喊声中"，许多被"文革"耽误、埋没的知识精英蜂拥进了社科院研究生院，在温济泽老院长的操持下，它的"黄埔一期"真出了不少将帅之才。

一个中国生生变成了文化荒漠。浩劫过后接着是文化饥渴，小子我生逢其时，交了好运，在人民文学出版社孙绳武和绿原前辈帮助下翻译出版了《少年维特的烦恼》，恰如灾荒年推到市场上一大筐新烤出来的面包，"饥民"们一阵疯抢，借着前辈郭老的余威，小子暴得大名！随后译作、著作便一本接一本上市喽。

时也，命也！

《少年维特的烦恼》部分杨译本（包括捐赠了稿费的盲文本）

经过这场浩劫，党和政府毅然拨乱反正，实行改革开放，为中华腾飞打下了坚实基础，小平同志居功至伟。我家里摆着两尊伟人铜像：一尊为毛泽东，一尊为邓小平！

祸兮福兮忆抗战
——亲爱的"下江人"

我出生在抗日战争全面爆发的第二年，依稀记得大人抱着我躲警报的情景，刚懂一点点事就切齿痛恨日本鬼子狂轰滥炸我的家园，永世不忘国家民族的深仇大恨！

抗战期间,陪都重庆经济文化空前繁荣,小小年纪的我同样受益匪浅。这里我讲一个非亲历者体会不到的例子:

抗战时期逃难到大后方的有许多"下江人",也就是江浙、京沪乃至东三省的上层人士和文化精英。抗战期间,难民们受到四川的庇护、款待,对包括重庆在内的第二故乡四川怀有深深的感恩之情。前不久我读到叶逢植老师的一部未刊德语回忆录,说他们从四川回南京后自然形成了一个讲四川话的小圈子,大家都以到过四川为荣,彼此格外亲切。我长大后浪迹南京、北京,涉足文坛遇到许多恩人贵人,从恩师冯至先生到挚友老舍的三女儿舒雨和她的丈夫潘武一,从亦师亦友的译坛领路人叶逢植到忘年之交英语兼德语翻译家傅惟慈,从高风亮节的诗人、翻译家兼编辑家绿原到作家、翻译家冯亦代,等等。这些在我从译和治学路上扶持、提携我,有恩于我的人,他们的一个

冯亦代三不老胡同听风楼中的座上客

鲁迅文学奖翻译奖评议组组长绿原和他的组员杨武能

共同点便是饮过川江水的"下江人"。我忍不住要述说自己这一特殊经历、感受,因为老头子不讲,再过一些年恐怕没有谁会再知道和再想起讲这些亲爱的"下江人"啦!

京城有巴蜀游子的两个落脚点:一个在舒雨、潘武一灯市西口的家中,一个在傅惟慈四根柏胡同的小院里。左一为傅教授的儿女亲家叶君健

人生路漫长曲折,祸福无常,祸福相倚。鄙翁60多年的译著生涯,每每印证此理。多有"山重水复疑无路"的困顿迷茫,绝望挣扎,接着总会"柳暗花明又一村",眼前豁然开朗,心中欣幸欢悦。此时此刻此情此景,每一个不惧艰险、不懈奋进的追求者,都会像浮士德博士一样喊出:你真美啊,请停一停!

鄙翁咬牙在从译之路上奔波、跋涉,一次次跌倒了再爬起来,方有今日之光景。但柳暗花明和跌倒了再爬起来,打拼出新的局面,没有幸逢一位位恩人、贵人,那是不可能的!

格林童话助我"返老还童"

回眸一个多甲子的文学翻译生涯,无论如何也不能不说说译林出版社和它1993年推出的《格林童话全集》。而今,杨译格林童话在读者中的影响,已经超过杨译《少年维特的烦恼》和《浮士德》,为我赢得的老少粉丝数以亿计。不仅如此,《格林童话全集》帮助我"返老还童",使我这棵翻译"老树"在风风雨雨半世纪之后又发出了"新枝"。这个情况,当然早已为业内注意到,于是我慢慢被视为译介少儿作品的好手,因此收到了各式各样的约请。

2007年,经儿童文学理论家王泉根教授推荐,我应邀担任湖南少年儿童出版社"全球儿童文学典藏书系"的"翻译专家委员会委员",不但接受组织德语作品翻译的委托,自己也承担和完成了《七个小矮人后传》和《胡桃夹子》等几本小书的翻译。书虽说单薄,跟我已出版的大多数译著相比微不足道,却是我进入新的年龄段即70岁后的第一批成果,不但使我重温了20年前翻译《格林童话》的美妙滋味,还认识到为孩子们干活儿的非凡意义。不再做翻译的决心动摇了,我开始考虑在保持健康的前提下,力所能及地再为孩子们做点事。

恩德此书被誉为德语文学的现代经典,貌似童书,却有点《浮士德》《西游记》的味道

2010年,以出版少儿读物享有盛誉的二十一世纪出版社找到远在德国的我,约我翻译德国当代著名儿童文学作家普罗斯勒的《大帽子小精灵霍柏》与《霍柏和他的朋友毛球儿》。为考验该社诚意,我提出相当高的签约条件,不想他们慨然应允,这就使我再也脱不了手。两本小书交稿后,他们又请我重译已故当代德国儿童文学大师米切尔·恩德的代表作《永远讲不完的故事》和Momo。我查了资料,发现这两本书的旧译不但广为流传,而且译者都是熟人,因此颇感为难。我把疑虑告诉了联系人,得到的回答却是请我重译一事已经过慎重考虑,决定系由社长张秋林本人做出,只因他喜欢我的译笔①。思考再三,几经踌躇,我终于决定接受约请,理由是应该以广大小读者的接受为重,以大师恩德杰作的传播为重,而不能太在乎个人的得或失②。

我为二十一世纪出版社翻译的童书很多,这里只展示《永远

如同Momo,此书是批判后工业社会的生态小说

---

① 前些年,秋林曾代表台湾地区某出版社约我译恩德的《如意潘趣酒》。
② Momo在20世纪八九十年代就有中译本,我印象最深的是译林出版社资深编辑赵燮生的《莫莫》,因为燮生邀我为它写过序。二十一世纪出版社的重译本《毛毛》也许译名取得巧,结果后来居上。我重译了Momo,尽管煞费苦心把译名变成了《嫫嫫》,还是未能免掉麻烦和困扰。不过这只是一点点不值一提的鸡毛蒜皮,革命航船仍然乘风破浪,也就是得大于失,反倒加快了"返老还童"的进程。

讲不完的故事》和《如意潘趣酒》的封面。

再说我的"返老还童",为此我由衷感谢在激烈的争夺中与我签订"格林兄弟"作品出版合同的李景端①,还有责任编辑施梓云,没有这位称职"保姆"养育、呵护,"孩子"不会长得如此健壮可爱,这么有出息!很自然地,译林出版社和李、施两位都成了本翁的好朋友。

欣慰自豪一二三

我从译半个多世纪真没少经历痛苦磨难,但更多的是师友的教诲、帮助,恩人贵人的扶持、提携,因而有了一些可堪欣慰、自豪的成绩,在此略述一二。

其一,毕生所译几乎全是名著佳作,尤以古典杰作居多。翻译古典名著很难避免重译。重译亦称复译,复译之必要已为业界公认,问题只在质量和效果。重译者做到了推陈出新、更上层楼,有利于原著进一步传播,有利于读者更好地接受,价值就不容否认和低估,就不一定比新译或所谓"原创性翻译"来得差。具体说到我重译的歌德代表作《浮士德》《少年维特的烦恼》《迷娘曲——歌德诗选》《歌德谈话录》,以及《阴谋与爱情》《海涅抒情诗选》《茵梦湖》和《格林童话全集》等,事实

---

① 他一听说漓江出版社也属意我的《格林童话》译稿,立马从南京奔到我成都的家中,和我签了出版合同。

表明都得到了同行专家的赞赏,出版界和读书界的欢迎。例如《少年维特的烦恼》入选了人民文学出版社、作家出版社以及商务印书馆等权威大社"名著名译"丛书,《浮士德》被藏入国家领导人的书柜,《格林童话全集》成为教育部推荐的中学生"新课标"选本。

除了重译,译翁也有不少首译的作品,较重要的如托马斯·曼70多万字的巨著《魔山》,黑塞的长篇小说《纳尔齐斯与歌尔德蒙》,海泽的中篇集《特雷庇姑娘》,迈耶尔的中篇集《圣者》,以及霍夫曼、克莱斯特等的许多中短名篇,还有米切尔·恩德的现代经典童话《如意潘趣酒》等,加在一起不但数量可观,也同样受到读者欢迎、同行肯定。

《魔山》等经典名著部分译本

其二,鄙翁尽管痴迷于文学翻译实践,却不只顾埋头译述,做一个吭哧吭哧的"搬运工",也对文学翻译做过不少理论思考,对它的性质、意义、标准以及从事此道的人必须具备的条件和修养等,形成了有个人见解且言之成理、立论有据的理念,或者勉强也算理论。老朽自视为译学研究舞台上的"票友",却有同行谬赞吾为"文学翻译家中的思想者"。

说起文学翻译理论,一言以蔽之,我特别重视"文学"二字。早在20世纪80年代,区区就强调优秀的译文必须富有与原著尽可能贴近的种种文学元素和美质,也就是在读者审美鉴赏的显微镜下,译文本身也必须是文学,即翻译文学。而这一点,即文学翻译除去正确和达意之外,还必须富有与原文近乎一样的文学美质,正是文学翻译的难点和据以区别于他种翻译的特质。

德国人称纯文学(即Belletristik)为"美的文学"(schöne Literatur),我想不妨也称文学翻译为"美的翻译",或曰"艺术的翻译"。使自己的译作成为"美的翻译",成为"美玉"、美文,成为翻译文学,是我半个多世纪翻译生涯的不变追求。

为避免误解,我必须强调:翻译理念中的"美",指的是尽可能充分、完美地再创原著所拥有的种种文学美质,而非译者随心所欲地想怎么美就怎么美,更不是眼下一些人津津乐道的所谓"唯美"和为美而美。

要创造传之久远的、能纳入本民族文学宝库的翻译文学,要创造美的翻译、美文、"美玉",必须充分发挥翻译家的主观能动性和创造精神。因此我赞成说文学翻译是艺术再创造;因此我认为,翻译家理所当然地应当是文学翻译的主体,也事实上是主体。

其三,我践行了早年提出的文学翻译家必须同时是学者和作家的理念，几十年来努力追寻季羡林、戈宝权、傅雷等译界前辈的足迹，把研究、翻译、创作紧密结合起来，让它们相辅相成、相得益彰，在完成教师本职工作之余，翻译、研究、创作齐头并进，在三个方面都取得了或大或小的成绩，出版的译著、论著和创作总计约40部。即使仅仅作为翻译家，我在学者和作家朋友面前当也不自惭形秽。其他理由不说了，只讲我译著的读者数量以千万计，而一部名著佳译流传数十年甚至更加长远，可以影响一代又一代人，这难道不值得自豪吗？

还值得一说的是，几十年来我积极参加国内外翻译界的活动，不甘于做一个把自己关在屋子里爬格子的书呆子和匠人。有机会向前辈和国内外同行学习，我获益匪浅。

社科院众多大儒中我最亲近戈宝权。1987年他应邀出席四川翻译文学学会成立大会，会后偕夫人梁培兰做客我在四川外语学院的寒舍，与我妻子王荫祺和次女杨熹合影。我受他影响，也涉猎中外文化关系研究

我读研时去北大听过田德望先生的课，他待我很好。我参评教授时，他写推荐多有美言，是我视为表率的德语和意大利语翻译大家

1985年，我参加了在烟台举行的全国中青年文学翻译经验交流会

也是1985年，出席《译林》杂志创刊五周年纪念会，我拜识了一大批前辈名家。

三排右一为周珏良，右二为毕朔望，右三为杨岂深，右四为吴富恒，右五为戈宝权，右六为汤永宽，右七为屠珍，右八为梅绍武；中排左一为吴富恒夫人陆凡，左二为董乐山；前排左一为东道主，左二为陈冠商，左三为杨武能，左四为郭继德，左五为施咸荣

1992年珠海白藤湖，我出席海峡两岸文学翻译研讨会，欣逢自称半个四川人的"下江人"余光中先生，与他一见如故。

乡愁诗人与我的忘年之交

在白藤湖，我还拜识了王佐良、齐邦媛和金圣华等译界名宿。

图为李文俊、方平、董衡巽和小杨（时年54岁）

2004年任欧洲译协会驻会翻译家

1999年歌德诞辰250周年，我受聘赴魏玛"《浮士德》翻译工场"打工，作为唯一中国代表与来自全世界的《浮士德》翻译家切磋译艺。"工场"关门后又应邀赴艾尔福特开更大的世界歌德翻译家研讨会。

在欧洲译协与诺奖得主君特·格拉斯相谈甚欢

遗憾的是，当今中国，翻译家在文艺界和学术界没有受到足够的重视：即使是经典译著，在高校通常也不算科研成果，翻译的稿酬标准也远低于创作。对此，翻译家们心怀愤懑却无能为力，不少人因此失望、自卑。译翁却不但不自卑，心中还充满自豪，反倒为自己是一名有成就、有作为、有影响的文学翻译家自豪！

夫唱妇随，在欧洲译协驻会翻译家居住的小别墅门前

在艾尔福特的世界歌德翻译家研讨会做报告

2018年荣获"翻译文化终身成就奖",这是巴蜀译翁在国内得到的最高奖项

我不是傅雷，我是巴蜀译翁，巴蜀译翁！

近些年，有媒体报道称老朽为"德语界的傅雷"：2013年6月27日，中国网河南频道报道"德语界傅雷"杨武能荣获歌德金质奖章；《成都商报》说什么"德语界的傅雷"川大教授杨武能获得了"翻译诺贝尔奖"；2018年，又有报道说80高龄的杨武能"拿下了"翻译文化终身成就奖，称誉他为"德语界的傅雷"，云云。不只某些媒体，严谨的学术界也偶有拿我跟傅雷相提并论者。

傅雷先生（1908—1966）是中国翻译文学史上的一座丰碑，我走上文学翻译道路就是中学时代受了先生和汝龙、丽尼等前辈的影响，傅雷更是我从译之路上的向导乃至偶像。我说我不是傅雷，没有丝毫贬低他的意思，相反我对先生十分崇敬和感激。我所以坚称自己不是傅雷，因为我就是我，我跟傅雷有太多的不同。多数的不同不言自明，只有一点必须要强调，因为影响大而深远：

傅雷比我早生30年，58岁不幸去世；同成长在新中国，虽也历经坎坷，却在和平环境里幸福地多劳作了数十年的译翁，不可同日而语！译翁施展的时间和空间远远大于傅雷前辈，能创造和贡献的自然应该更多更大。至于是不是真的更多更大，则有待评说。

感恩故乡，感恩祖国

2018年年届耄耋，我突发奇想，给自己取了个号或曰笔名：巴蜀译翁。

一辈子混迹文坛，我用过的笔名不少，大多随用随弃，但这"巴蜀译翁"将一直用下去。它不只蕴含着我对故乡无尽的感恩之情，还另有一层含义！

我出生在山城重庆较场口十八梯下厚慈街，从小爬坡上坎，忍受火炉炙烤熔炼，练就了强健的筋骨、刚毅的性格。天府四川的文学沃土养育我茁壮生长，我自幼崇拜李白、杜甫、苏东坡，尤其是苏东坡！我生而为重庆人，重庆人就是四川人；我一辈子都为自己是四川人而自豪，为自己是李白、杜甫、苏东坡、郭沫若、巴金的同乡、后辈而自豪。没想到行政区划的

苏东坡，译翁奉他为古代中国的歌德①

---

① 2000年法国《世界报》评选出1001—2000年间的"千年英雄"，全世界入选者12人，中国也是亚洲入选的唯一一位就是苏东坡。

变化,有一天我突然不是四川人了!我实在难过,想起杜甫草堂、武侯祠、三苏祠就难过!我取"巴蜀译翁"这个名号,是要表明自己对四川—重庆人这个身份的忠诚。

得意忘形 "引吭高歌"

杨武能著译文献馆(巴蜀译翁文献馆)开馆展。左一为四川大学文学院院长曹顺庆,左二为重庆市作协主席冉冉,左四为著名翻译家刘荣跃,左五为华裔德籍著名歌德研究家顾正祥

我2008年从川大退休旅居德国，2014年送重病的妻子回重庆就医；2015年，重庆图书馆成立了杨武能著译文献馆。三年后，我逮住建立成渝双城经济圈和巴蜀文旅走廊的机会，赶快将它正名为"巴蜀译翁文献馆"，以舒缓心中的伤痛！

据我所知还没有为一个"文化苦力"建有巴蜀译翁文献馆这般高规格、大体量的个人文献馆的先例。

重庆武隆的世界自然遗产地仙女山还建有一座巴蜀译翁亭，实属少见。

这一馆一亭的意义和未来，还活着的译翁本人不便说，也说不清楚，只感觉这是故乡对区区无尽的爱，厚重得不能承受的爱，所以，巴蜀译翁这个笔名对我之要紧、珍贵，胜过父亲按字辈给我取的本名！

再看巴蜀译翁亭的柱子上，有一副楹联：

上联　浮士德格林童话魔山　永远讲不完的故事

下联　翻译家歌德学者作家　一世书不尽的传奇

组成上联的是我四部代表译著的题名，下联是我的主要身份以及一生的重大建树。

戈宝权评郭沫若说：郭老即使只翻译了一部《浮士德》，就很了不起。巴蜀译翁成功译介的经典多得多！

说主要身份，意味着还有其他身份略而未表。说一说幸得冯至先生亲传的歌德学者吧，译翁是荣获国际歌德研究最高奖"歌德金质奖章"唯一中国学人，其他似乎不用再说。只有作家这个身份，译翁还须努力夯实它。

重庆武隆仙女山巴蜀译翁亭揭幕，出席仪式者除主持仪式的县委领导和川渝文化名流，还有来自德国、美国、澳大利亚、日本、马来西亚等国的华裔作家和文艺家。他们经由小女杨悦组织来世界自然遗产地武隆仙女山采风，其中不乏周励这样的大作家[①]，却自谦为译翁的粉丝（张晓辉　摄）

译翁信心满满，只要坚守"生命在于创造，创造为了奉献"这个座右铭，一旦得到缪斯女神眷顾，诗的闸门就会大开。他有翻译家超强的笔力和得自书里书外的人生体验，可以讲的故事多着呢！仔细想想，真是每一部重要译著背后都有精彩故事呢，也就难怪李景端在提议凤凰卫视来专访我时讲：他的故事多！

"一世书不尽的传奇"？好大一个牛皮！

不是牛皮是事实！

[①] 代表作为《曼哈顿的中国女人》《亲吻世界——曼哈顿手记》。更令译翁钦佩的是，她还是一位极地旅行家，著有多部旅游探险记。

新中国成立前四川有句民谚:"养儿不用教,酉秀黔彭走一遭!"说的是四川这几个地方极度苦寒,娇生惯养的娃娃只要去那里走一走,看一看,就会知道生活艰难,不懂事的就会懂事。我祖父杨代金是彭水(现武隆)大娄山上的贫苦农民,他儿子我爸跑到重庆城当了电灯工人,他孙子我巴蜀译翁现如今成了享誉海内外的翻译家、学者、作家还有教授、博导、大学副校长,您说传奇不传奇?

若问哪个(怎么)会出现这样的传奇?回答:天时、地利、人和呗!

欲知究竟,劳驾到重庆沙坪坝凤天路106号,去逛逛重庆图书馆的巴蜀译翁文献馆。您一进文献馆大门,就会看见屏风上写着答案。

巴蜀译翁文献馆门厅处屏风

看样子传奇还不算完,尽管译翁已经八十有三。须知他的座右铭是"生命在于创造,创造为了奉献",在有生之年,他还要继续创造,继续奉献,也就是生命不息,奋斗不止!在光辉灿烂的新时代,译翁有一个梦:老头儿梦见自己"年富力强",变成了新的自己,正铆足劲儿,要创造一个个新的传奇……

民族复兴大业美好、光荣、伟大,本翁啷个能不参与,不投入其中呢?!

结语:没有共产党缔造新中国,就没有巴蜀译翁!没有父母养育、亲属支持[①]、师长教导、友朋帮衬、贵人提携,就没有巴蜀译翁!故而译翁在中国共产党成立100周年之际开始结集出版自己60余载心血的结晶《杨武能译德语文学经典》,把它献给我的人民、我的国家,把它献给我的亲戚朋友,献给我的母校育才、一中、俄专、南大、社科院研究生院,以及德国洪堡基金会(Alexander von Humboldt-Stiftung),献给我在中国和德国的老师、同学,最后,还献给支持、厚爱译翁的千万读者、粉丝,老的少的粉丝!

德国大文豪、大思想家歌德说:我们都是"集体性人物"!意即我们生命中包括父母、亲属、师长、同学、同事、同行的许许多多人有意无意地影响了我们,从正面或者反面帮助、促成我们的成长、发展,造就了我们,最终决定了我们成为什么样的人。不能不说明,写在纸上的都是美好、阳光、正面的人和事;

[①] 必须感谢我的家人,特别是我的妻子王荫祺。她与我志同道合、同甘共苦三十五载,精心养育两个女儿,多方面为我分劳分忧,不只生活中给我无微不至的照顾,还参与我多部作品的翻译工作。在《译翁情话》里,将对她述说很多很多。

可在现实生活中，译翁跟所有人一样也遭遇过阴暗和丑陋，但那些阴暗和丑陋也磨炼、激励了我，最终成就了我，同样是我的塑造者！

茫茫人海，天高地阔，万类霜天竞自由！少了哪一类都不行，少了哪一物种世界都不会如此多姿多彩，生活都不会如此美好、幸福，译翁都不会活得如此有滋有味！多谢啦，一切从正面或反面促成、造就我的人，译翁感激你们哟，爱你们哟！

2021年12月于山城重庆图书馆巴蜀译翁文献馆

目　录

名家谈里尔克……………………………………………1

代译序
　　风之旗在吟唱…………………………………………3

《图像集》选译（一九○二年）…………………………1
　　四月即景………………………………………………2
　　月　夜…………………………………………………2
　　少女之歌………………………………………………3
　　石像之歌………………………………………………4
　　新　娘…………………………………………………5
　　童年纪事………………………………………………5
　　从无尽的渴慕中产生出………………………………6
　　夜里的人们……………………………………………6
　　邻　人…………………………………………………7
　　最后一个承继者………………………………………8
　　恐　惧…………………………………………………9
　　怨　诉…………………………………………………10

孤　　寂 ··· 11
秋　　日 ··· 12
秋 ··· 12
在夜的边缘上 ·· 13
预　　感 ··· 14
沉重的时刻 ·· 15
诗两节 ·· 15
随时准备献出你的美丽 ····································· 16
富人和幸运儿倒好沉默寡言 ······························ 17
阅读者 ·· 18
观看者 ·· 19

《祈祷书》选译（一九〇五年） ····················· 23
万物都处于循环中 ··· 24
我爱我生命中的晦冥时刻 ·································· 24
黑暗啊，我的本原 ··· 25
我们用颤抖的双手建造你 ·································· 26
在世间万物中我都发现了你 ······························ 27
一个年轻修士的呼声 ·· 27
你怎么办，上帝，要是我死了 ··························· 28
上帝命令我写 ··· 29
挖去我的眼睛 ··· 30
一切寻找你的人 ·· 31
纵然人人都力图挣脱自己 ·································· 32

村子里立着最后一幢屋……………………… 33
癫狂是位守夜人………………………………… 33
你是未来…………………………………………… 34
在白昼，你只是倾听与诉说……………… 35
财富啊，我夜复一夜地挖掘你…………… 36
主啊，让每个人按自己的方式死去……… 37
城市总是为所欲为……………………………… 37

《新诗集》选译（一九〇七年）………………… 39
 少女之怨………………………………………… 40
 恋　　歌………………………………………… 41
 牺　　牲………………………………………… 42
 东方的白昼之歌……………………………… 42
 佛　　祖………………………………………… 43
 诗人之死………………………………………… 44
 囚　　徒………………………………………… 45
 豹——于巴黎植物园……………………… 46
 诗　　人………………………………………… 47
 女人的命运……………………………………… 47
 离　　别………………………………………… 48
 1906年自画像………………………………… 49
 美人儿…………………………………………… 50
 佛祖塑像………………………………………… 51
 西班牙舞女……………………………………… 51

精神病人	53
老处女	53
海之歌——作于卡普里	54

杂诗 57
黄昏是我的书	58
我如此地害怕人言	58
姑娘之歌（节译）	59
纵令世界瞬息万变	62
呵，告诉我，诗人	63

附录1
  小园中 64

附录2
  老人们 68

附录3
  里尔克年谱 72

译后记 75

名家谈里尔克

珍贵的里尔克！……我视他为这个世界上最敏感的人，最富于灵性的人，他经受了精神的一切奇异的恐惧，了解了它的全部秘密。

——保罗·瓦莱里[①]

里尔克对于时代很不适应。这位伟大的抒情诗人没有任何其他作为，却第一次使德语诗歌臻于完美；他不是时代的高峰，却是精神的命运赖以超越众多时代的那些崛起之一。

——罗伯特·穆齐尔[②]

里尔克用心将事物化作图像，自己便坚定地生活在这些图像中。从这个意义上讲，他的生活便是没有停顿的创作，同时他也

---

① 保罗·瓦莱里（Paul Valéry，1871—1945），法国著名诗人，象征主义诗歌的主要代表。

② 罗伯特·穆齐尔（Robert Musil，1880—1942），奥地利作家。他未完成的小说《没有个性的人》被视为最重要的现代主义代表作之一。

过着一种没有停顿的生活。由英国诗人济慈肇始的奇妙的自恋式抒情诗,从大的方面看,在里尔克达到了圆熟。

——鲁道夫·卡斯纳[①]

[①] 鲁道夫·卡斯纳(Rudorf Kassner,1873—1959),奥地利作家、散文家,翻译和文化哲学家。先后获诺贝尔文学奖提名13次。

代译序

风之旗在吟唱

我犹如一面旗,在长空的包围中,
我预感到风来了,我必须承受;
然而在低处,万物却纹丝不动;
门还轻灵地开合,烟囱还暗然无声,
玻窗还不曾哆嗦,尘埃还依然凝重。

我知道起了风暴,心如大海翻涌。
我尽情舒卷肢体,
然后猛然跃下,孤独地
听凭狂风戏弄。

莱纳·玛利亚·里尔克(Rainer Maria Rilke,1875—1926)的这首自况诗题名为《预感》。它写成于诗人的思想和创作都渐趋成熟的1904年。在此之前,他已经出版了《生活与诗歌》(1894)和《图像集》(1902)等好几部诗作;他已经两次周游意大利，两次访问俄罗斯，也初次尝试了一下巴黎的生活；他已于1901年与雕塑家克拉拉·维丝特霍芙（Clara Westhoff, 1878—1954）结了婚，并已有了一个孩子……总之，里尔克在写《预感》时，已对人生和创作都积累起相当丰富的经验，已对时代、社会及对他自身都获得了相当透彻的认识。所以，《预感》这首不足十行的短诗不仅以鲜明突出的形象，描绘了诗人与时代的关系，而且还含蓄委婉，但极其准确地揭示了他自身的两个重要特点：敏感和孤独。真不知道世间还有什么别的事物，会像长空包围的一面旗帜那样，又孤独又敏感。

诚然，古往今来，世界各国的大诗人无不都是敏感的，而且也多半孤独。但是，敏感与孤独集于一身、贯穿一生、相辅相成因而给思想和创作打上深深的烙印，这样的情况于里尔克十分显然，在其他诗人却不多见。

里尔克1875年出生在奥匈帝国统治下的布拉格，父亲是一名铁路职员。因为没有兄弟姊妹，他那颇具文学修养的母亲便成了诗人孤寂童年的对话者。里尔克从小便富有性情温驯内向和感官敏锐这样一些女性的特点，父母亲不但给他取了"玛利亚"这个女性的名字，而且到五六岁时还把他当女孩一样给他穿戴打扮。诗人在他的《1906年自画像》中，仍不加隐讳地说他的目光中有着"女性的卑怯"。像他这样的一个人，却在11岁时硬被送进士官学校，以实现一心想当将军而未成功的父亲的夙愿。结果事与愿违，他不久就因"体弱多病"而退了学。可是，另一方面，里尔克作诗的天才却早早地表现了出来，18岁时已经在布拉格的文学界崭露头角，第二年便出版了第一本诗集《生活与诗歌》。

获得诺贝尔文学奖的德国作家和思想家赫尔曼·黑塞在其著名的长篇小说《纳尔齐斯与歌尔德蒙》中，将艺术家、诗人称作是一类富于爱和感受能力的所谓"母性的人"，说他们生活在充实之中，以大地为故乡，他们酣眠在母亲的怀抱里，照耀着他们的是月亮和星斗，他们的梦中人是少女……看起来，里尔克正是一个十足地道的"母性的人"；而他的敏感和孤独，他之所以成为一位思想深邃、感情细腻、风格独特的诗人正源于此、基于此。

具有女性一般内向和敏感个性的里尔克热爱自然，同情和崇拜妇女，关心社会上的一切弱者和不幸者；对充满激烈竞争的资本主义社会和物欲横流的大城市，他却异常反感，宁可浪迹天涯或者隐居在乡间古堡中，享受他沉思默想的孤独。作为诗人，他一生中特别亲近的只有两类人，并从他们那儿获得了最大的帮助和影响：一类是女性，一类是艺术家和文学家（他们同样是所谓"母性的人"）。

关于前者，我们不必细说里尔克在童年时如何受到富有文化修养的母亲的熏陶——她曾在1900年自费出版过一本诗集——引导他早早开始了诗歌创作；不必细说他19岁时如何在一位很有才气的女友的帮助和鼓励下，出版了自己的第一本诗集《生活与诗歌》，并将这本处女作献给了她；也不必细说他一生中如何与许许多多的女画家、女雕塑家、女演员建立了友谊，在孤寂的人生旅程中从她们那儿得到了理解和安慰；也不必细说他如何用自己最后的杰作《献给奥尔弗斯的十四行诗》（1923），为一位19岁便夭亡的少女薇拉竖立了"一面墓碑"……我们只想讲一讲露·安德雷阿斯-莎乐美（Lou Andreas-Salomé，1861—1937）。从1897年相识的一刻起，她便始终是里尔克生活中"最重要的人"。莎乐美是一位俄国将军的女儿，出生在彼得堡。就是在她陪伴下，里尔克两次游历俄罗斯，并在第二次访问列夫·托尔斯泰后，受到了这位笃信宗教的大文豪的影响。莎乐美富有名气，早年是尼采的学生和女友，1912年以后又成了精神分析理论创始人弗洛伊德的弟子。在里尔克的创作中始终贯穿着对于资本主义现代文明和现世生活的怀疑与否定，充满着抑郁、悲观和虚无主义的情绪，这不能不说跟他长期与莎乐美的交往有一定的关系。为了说明莎乐美这位年长的女友在里尔克心中的地位，我们不必引述年轻的诗人写给她的那一封封感情奔放的书信，我们只需读一读下面的短诗：

挖去我的眼睛，我仍能看见你，
堵住我的耳朵，我仍能听见你；
没有脚，我能够走到你身旁，
没有嘴，我还是能祈求你。
折断我的双臂，我仍将拥抱你——
用我的心，像用手一样。
箝住我的心，我的脑子不会停息；
你放火烧我的脑子，
我仍将托负你，用我的血液。

这首收在《祈祷书》(1905)中的著名短诗,任何人都理所当然地会将它看作是对神、对上帝的赞颂;然而这位"神"不在虚无缥缈的天堂里,而就在年轻诗人的身边,就是他所无比倾慕、无比崇拜和无限热爱的莎乐美。里尔克是在认识莎乐美的1897年的夏天写成这首诗,并且将它寄给了她。事实上,在诗人的心目中,莎乐美这位才女长期占据着介乎女友与情人、指导者与母亲之间这么一个特殊而神圣的地位。这就有如魏玛宫廷中的那位施泰因夫人之于歌德,只不过相比之下,里尔克比歌德更加幸运,因为莎乐美没有以自己的嫉妒和怪僻来令诗人烦恼和痛苦。

里尔克写过许多关于女性的诗,他在其中的一首《少女之歌》中说:"别的人必须长途跋涉/去寻找黑暗中的诗人……(然而)她们生命中的每一扇门/都通向广大的世界/都通向一位诗人。"可不是吗,里尔克正是通过女性之门,在像莎乐美似的一个个聪慧、善良和美丽的女性的激励、帮助和影响下,凭借自己身上与生俱来的女性的内向和敏感,才对广大的世界有了深刻的认识,成了一位风格独特的诗人。

说到曾经与里尔克有过交往、给过他或多或少影响的作家和艺术家,我们便可举出俄国的托尔斯泰、帕斯捷尔纳克和高尔基,德国的李林克隆、戴默尔和斯特凡·乔治,法国的波德莱尔、魏尔伦和马拉美,奥地利的霍夫曼斯塔尔以及丹麦的雅各布逊,比利时的梅特林克和其他许许多多光辉的名字。之所以如此,还不仅仅因为社会思想急剧动荡的20世纪初欧洲文艺界人才辈出,过不惯安定生活的里尔克自然在旅途中有了与他们结交的可能，更重要的恐怕还是他内心中对他们有一种同类感和亲近感，在他们之间存在着强大的吸引力。里尔克早年翻译过俄国作家契诃夫的剧本《海鸥》和《万尼亚舅舅》；他非常敬仰德国剧作家霍甫特曼，因此将自己第一部成功的诗作《图像集》题赠给了他；他晚年与法国象征主义诗人瓦莱里交往尤深，在创作《杜伊诺哀歌》（1922）和《献给奥尔弗斯的十四行诗》的同时，翻译了瓦莱里的《海滨墓园》等作品……但是，若论对于他创作产生的直接而实际影响，则应该更加详细地谈一谈罗丹。

1901年，里尔克与女雕塑家克拉拉·威丝特霍芙结了婚。克拉拉碰巧就是法国雕塑大师罗丹的弟子。通过她，里尔克对罗丹不只有了一般的了解，而且产生了深深的敬意。第二年，他就抓住人家委托他写一部《罗丹传》的机会，来到在巴黎的大师身边。他日复一日地在工作室里观察大师的艰辛工作，看见大大小小的艺术形象如何在大师手下显现出来，获得生命。他虚心地虔诚地聆听大师关于艺术创作的见解，明白了对于一个艺术家来说重要的是要学会"观看"。1903年，罗丹的传记已经完成和出版。在经过一些游历以后，里尔克于1905年又回到巴黎，当上了罗丹的私人秘书，以便继续向大师学习，并开始将大师的教诲用于创作实践中。正是在罗丹的影响下，他的诗作改变了早期偏重抒发个人主观情感的浪漫主义风格，写了许多新颖独创的以直接形象反映客观现实、象征人生和表现自身思想感情的所谓"咏物诗"。里尔克的"咏物诗"题材十分广泛，其中最为脍炙人口的那首《豹》，就含蓄而深刻地表达了作者在探索人生意义时的迷惘、彷徨和苦闷。《豹》以及其他"咏物诗"之所以使人觉得新颖独特和印象深刻，是因为它们于里尔克早期抒情诗的音乐美中，又融进了雕塑美和直观性。这些诗后来都收在《新诗集》（1907）和《新诗续集》（1908）中。

除去罗丹，里尔克还受过同时代的大画家塞尚和毕加索等的影响。他较长时间地生活在艺术中心巴黎，不断地往来于柏林、慕尼黑等欧洲大都会之间，所接触到的古代和当代大师的作品是很多的。例如他著名的《杜伊诺哀歌》的第四首和第五首，便是他在1914年和1915年对毕加索的《戏子》（*Les Baladins*）和《流浪艺人》（*Saltimbangues*）这两幅杰作潜心地观看、体验和学习之后写成的。至于在巴黎的卢浮宫和那不勒斯的国家博物精品中，里尔克如何久久地驻足凝思于记述奥尔弗斯故事的古希腊浮雕面前，从而汲取他创作最后一部不朽诗集的题材和灵感，这儿就不再详述。

从里尔克身上，我们可以再一次发现诗与艺术紧密的亲缘关系。同时代的文学家和艺术家，对诗人里尔克产生了直接而巨大的影响。如果说他是通过女性之门，通过他自己天生的女性般的内向和敏感，通过众多杰出女性的引导进入了诗的国度，那么，同时代的一大批文学巨匠和艺术大师，又扶持他、指点他，帮助他在诗的国度里探索前进，走出了一条新路。

然而，对于里尔克的思想和创作，起决定性作用和产生根本性影响的却不是上面讲的那众多的女性和文艺家们，而仍然是诗人所处的社会和时代。说到底，所有同时代人对于里尔克的影响，本身也不过是时代影响的一种表现形式、一个方面，因为他们本身的思想行为，也都打着深深的时代烙印。

里尔克生活在19世纪末和20世纪的前30年。在他进入社会的青年时代，欧洲的自由资本主义已经完成向垄断资本主义的过渡，工业生产是十分发达了，与此同时人们在精神上却感到从未有过的空虚。财富的高度集中加剧了贫富对立和阶级矛盾。大城市中，一方面是富人物欲横流、纸醉金迷、道德沦丧的丑恶，另一方面是穷人饥饿、疾病、死亡的不幸。一句话，资本主义文明的虚假和弊病暴露无遗，于是便有了尼采之宣布"上帝已经死了"，以及随之而来的现代主义文艺的勃兴。

生性敏感的年轻里尔克，与所处的社会现实格格不入，于是便逃避到孤独和幻想中，而对于幻想和孤独的追求，反过来又增加了他的敏感。他早年完成的《图像集》和《祈祷书》，都是孤独而敏感的自我内心情绪的抒发和表现。《图像集》中有一首诗题名为《沉重的时刻》，它一再地重复着不确指的"什么地方"和"无缘无故"这两组词，充分地表明了诗人想象中的人生是多么不可捉摸和荒诞。人生既然靠不住，诗人就只好寄希望于自己玄想中的上帝，《祈祷书》中那首"你怎么办，上帝，要是我死了……"有力地证明，不是上帝创造了诗人，而是诗人创造了上帝。

1902年，里尔克结识罗丹，随后便坚持着断断续续在巴黎生活了12年。在这个既是文化艺术中心又是罪恶渊薮的大城市里，渐渐步入中年的诗人遵从罗丹的教导，睁大眼睛观察那随着社会经济危机的进一步加剧而出现的种种光怪陆离的现象，敞开心扉体验人世的生与死的不幸和痛苦，并将自己的观察体验所得写进了《新诗集》和日记体小说《马尔特·劳里茨·布里格手记》（1910）（简称《手记》）中。《手记》在揭露资本主义大都会里的腐败丑恶和表现对人生的恐惧方面，与波德莱尔的《恶之花》近似，其表现手法也与无连贯故事的现代小说一致。这个时期的里尔克，虽然置身于巴黎等大城市嘈杂拥挤的人群中——只偶尔躲到法国南部的杜伊诺古堡里去——却仍然是孤独的，只不过这是一种内心的孤独。

1914年第一次世界大战爆发，里尔克失去了在巴黎的全部书籍和财产，随后又应征入伍，业已开始的《杜伊诺哀歌》的创作被迫停顿了下来；作为一个诗人，他已将自我失落。当然，这只是暂时的。而且，在时代的大风暴里，在亘古未有的血与火、生与死的大搏斗中，里尔克虽然没有亲临前线，但他那颗如"长空包围中的一面旗帜"似的敏感的心将怎样激荡、振动，就可想而知了。战后的第三年，他迁入瑞士山间一座朋友特地为他买下来的古堡里，在身与心的孤独中，对自己一生特别是大战期间的观察体验冥思苦索，终于在1922年很短的时间里一气呵成《杜伊诺哀歌》和《献给奥尔弗斯的十四行诗》。前者收哀歌体长诗10首，探讨人与世界的存在是否合理，以及生与死、苦与乐的关系等问题；后者集十四行诗53首，借希腊神话中歌手奥尔弗斯入冥界寻妻失败的故事，讽喻诗人对人生意义的无望追求。总之，诗人认为世界——应该说只是他所了解的资本主义世界——充满苦难，人生渺茫空虚，人只有通过死亡才能寻找到欢乐。

完成了《杜伊诺哀歌》和《献给奥尔弗斯的十四行诗》这两部充满哲理的重要著作后，本来就身体单薄的里尔克似乎已经心力交瘁，在接下来的三四年中除翻译一些瓦莱里的诗外，就不再有大著作了，而且许多时间都是住在疗养院里，直至1926年除夕的前一天逝世。遵照他生前的遗愿，人们将他安葬在离他完成最后杰作的米索古堡仅数里之遥的拉龙教堂的南墙下，让这位孤独而敏感的诗人去尽情地享受瑞士山中的岑寂，去静静地思索他生前未曾找到正确答案的宇宙和人生的大问题。

　　是的，在里尔克的一些重要著作中，包括在《祈祷书》和《新诗集》中，都充满了对于宇宙、自然、人生、社会的哲理思考。而正是这一古今中外的大诗人都普遍具备的特点，才使仅仅活了51岁的奥地利诗人里尔克产生了深远影响，获得了世界意义。在我国，里尔克的作品虽然译介得很少，但是名字却很响亮，还对我们的一些著名诗人如冯至产生过实在而巨大的影响。这似乎有些奇怪，然而并非没有原因。这位被视为欧美后期象征主义诗歌主要代表的里尔克，他的作品晦涩艰深，难读难译；可是，一旦你坚持读下去并且理解了，便会觉得它们意味深长，回味无穷。而且，我们中国人在他关于宇宙人生的玄想中，仿佛还可以发现一些似曾相识或感到亲切的东西。他那死生循环的思想，他对死、对夜、对无名和无形的赞颂，他视黑暗为万物的本原，我们当然都可以而且也应该首先到日耳曼民族的哲学和文学的传统中，到歌德和德国浪漫派诗人那里去寻找印证和解释；但是，与此同时，我们不也很容易、很自然地会想到我们的老庄吗？目前没有证据表明，里尔克曾直接或间接地受过19、20世纪之交开始在欧洲流传的道家哲学的影响；在他与老庄之间，极有可能只是同样处于乱世或末世的哲人在思想上产生了共鸣。然而，就是这一点，也足以使里尔克格外受到我们的青睐。

孤独、敏感、深刻的里尔克！

可怜、可敬、可亲的里尔克！

《图像集》选译

(一九〇二年)

四月即景

森林又吐放芬芳。
百灵又托起我们肩上沉重的
苍穹,扶摇直上;
透过光秃的枝丫,纵然仍见
空漠一片——可在久雨初晴的
傍晚,已有灿烂如金的夕阳;
远方房舍的一排排窗户
在夕晖里畏葸地拍打着
受伤的翅膀。

随后万籁俱寂。连檐漏也压低
嗓音,滴落在发着幽光的石板上。
一切的声响全都驯顺地化作
枝头上蓓蕾的茁壮生长。

月　夜

南德之夜,在满月中分外开阔、
温柔,像儿时的童话重又讲起。
从钟楼上,一串串钟声沉重地跌落,

跌进夜的深渊，就像沉入海底——
随后是沙沙的足音和巡夜人的一声
呼唤，霎时间沉默变得更加空虚；
这当儿一把提琴（上帝知道在何处）
苏醒过来，悠悠然开始述说：
　　　　　　一位金发少女……

少女之歌

别的人必须长途跋涉
去寻找黑暗中的诗人；
他们必须沿途打听，
可有人见过谁在唱歌，
可有人见过谁在弹琴。
只有少女们无须询问，
何处是通往形象的桥；
她们只需嫣然一笑，
这笑比银盘中的珍珠
还要明亮、晶莹。

她们生命中的每一扇门
都通向广大的世界，
都通向一位诗人。

石像之歌

是谁啊,谁是那最爱我的人,
为了我,他将抛弃宝贵的生命?
只有当他为了我溺毙在大海里,
我才能得到解脱,离开石头,
重获新生,开始新生。

我如此渴望沸腾的热血;
石头却哑然无声。
我梦想生活:生活多美好。
难道谁都没有勇气,
帮助我从石头中苏醒。

可是,一旦我获得了生命,
获得了它赐给我的财宝金银,
…………
我却会独自地哭泣,
哭我曾经有过的石身。
血液对我有什么用,如果它像
　　　　　酒浆一般发酵?
它再不能从海中唤起他,
那个最钟爱我的人。

新　　娘

唤我吧，亲爱的，请将我大声呼唤！
别让你的新娘啊久久地站在窗前。
一条条长着古老桐树的林荫道，
夜已经进入梦乡，
剩下的只有空寂一片。

你要不用你的呼声
把我关进夜的房间，
我就只好变成水，
用自己的双手将它掬起来，
去浇灌屋外暗蓝色的花园……

童年纪事

苍茫暮色像房间里的财富，
男孩坐在里面，悄悄地。
母亲走进来，如在梦中，
立橱内一只杯子开始战栗。
母亲感到房间已将她出卖，
吻了吻孩子：你在这里？……

随后两人畏葸地望着钢琴，
因为她晚上常奏一支曲子
令男孩深深地入了迷。

他静静坐着。张大眼睛，
盯住她被戒指扭曲了的手指，
看见它们在白键上移动，
仿佛艰难地走在雪野里。

从无尽的渴慕中产生出……

从无尽的渴慕中产生出有限的
行动，像喷泉软弱地升起
又战栗着迅速地弯下腰去。
可是，在这飞舞的泪珠里，
也展现了平时对我们不出一声的
我们自身那欢乐向上的力。

夜里的人们

夜不属于成群的人，
它将你和你的邻居分开，
尽管这样，你不得将他找寻。

要是你在自己房中点上灯,
为了看清人们的面孔,
那你得先想好:那是什么人。

灯光从面孔上滴下来,
人们的模样变得可怕地畸形;
夜里他们要是聚在一起,
你就会看见一个摇晃的世界,
重重叠叠,真个地乱纷纷。
一缕黄光从他们的额上
排挤走了所有的思想,
他们的目光中燃烧着酒精,
他们的手上挂着沉重的
手势,靠着它,他们才能
弄清对方讲的事情;
须知他们嘴里说:我,我,我,
心中却指的是另外某个人。

邻　　人

陌生的提琴,你可在追逐我?
在几多遥远的城里,你孤寂的夜
已对着我孤寂的夜诉说?

演奏你的是一百人？或是一个？

所有的大城市里不都有
一些人，他们缺少你
就定然会迷失在江河？
可为什么你总是找上我？

为什么我总有这样的邻人，
他们怯懦地强迫你唱歌，
强迫你讲：生活啊，这是
比所有物体更沉重的重荷。

最后一个承继者

小时候我没有家，
也不曾将家失去；
在世界之外的某个地方，
母亲将我生育。
而今我站在世界上，不停地
走向它的深处，
有自己的幸福，有自己的痛苦，
有一切的一切，却感到孤独。
我的祖先曾经显赫，

曾有过三支旺族,
曾住在森林中的七座宫殿里,
只是已经疲倦得扛不动族徽,
已经衰老得一塌糊涂——
他们留给我的遗产,我挣得的
永久权利是——没有归宿。
我不得不将它捧在手中,抱在
怀里,直至最后一息。
因为在这世界上,
我无论建造什么都会
崩塌,
就像建在浪峰、
波谷。

恐　　惧

凋萎的林中响起一声鸟鸣,
它显得空虚,在这凋萎的树林。
可这鸣声又这般圆润,
当它静止在那创造它的一瞬,
宽广地,就像天空笼罩着枯林。
万物都驯顺地融进鸣声里,
大地整个躺在里面,无声无息,

飓风好似也对它脉脉含情；
那接下去的一分钟却是
苍白而沉默，它仿佛知道，
有那么一些东西
谁失去了都会丧失生命。

怨　　诉

呵，一切都多么遥远，
都久已成为往昔。
我相信那颗星，
那颗我获取光明的星，
它千万年前就已死去。
我相信那艘船，
那艘驶过我面前的船，
它曾述说可怕的事体。
在房子里曾有一只钟
敲响……
在哪所房子里？
我想离开我的内心，
向巨大的苍穹下走去。
我想祈祷。
而在群星之中，

想必还确有一颗星。
我相信，我知道，
它孤独地
继续存在着，
立于九天的光的尽头，
像一座白色的城……

孤　　寂

孤寂好似一场雨。
它迎着黄昏，从海上升起；
它从遥远偏僻的旷野飘来，
飘向它长久栖息的天空，
从天空才降临到城里。

孤寂的雨下个不停，
在深巷里昏暗的黎明，
当一无所获的身躯分离开来，
失望悲哀，各奔东西，
当彼此仇恨的人们
不得不睡在一起：

这时孤寂如同江河，铺盖大地……

秋　日

主啊，是时候了。夏天已很盛大。
请往日晷上投下你的影子，
还让西风在田野里吹刮。

命令最后的果实结得饱满，
再给它们两天南国的温暖，
催促它们快快地成熟，还给
浓烈的酒浆加进最后的甘甜。

谁此刻没有屋，就不会再造屋。
谁此刻孤独，就会长久孤独，
就会长久醒着，将长信书写、阅读。
就会在落叶纷飞的时节，
不安地在林荫道上往来踟蹰。

秋

落叶了，仿佛从那遥远的空中，
好似天国里的花园都已凋芜，
枯叶摆着手，不情愿地往下落。

在一个个夜里,沉重的地球
也离开了星群,落进了寂寞。

我们大家都在坠落。这只手
也在坠落。瞧:所有人全在坠落。

可是有一位,他用自己的双手
无限温柔地将这一切坠落把握。

在夜的边缘上

在夜色深沉的大地上,
我的斗室和原野合为一体。
我化作了一根琴弦,
在喧响的、宽阔的
共鸣之谷上张起。

万物是一把把琴身,
充满着黑暗的絮语;
在里边做梦的是女性的哭泣,
睡梦中骚动着一代代人的
怨恨……
我要发出银色的战栗,

让万物在我下面共振,
一切迷惘者将追寻
从我欢舞的声响中发出的
光明,从天空环绕着它波动的
声响中发出的光明,
透过窄小的虚弱的裂隙,
向那一道道旷古的
无底深渊
坠去……

预　　感

我犹如一面旗,在长空的包围中
我预感到风来了,我必须承受;
然而在低处,万物却纹丝不动:
门还轻灵地开合,烟囱还喑然无声,
玻窗还没有哆嗦,尘埃还依然凝重。

我知道起了风暴,心如大海翻涌。
我尽情舒卷肢体,
然后猛然跃下,孤独地
听凭狂风戏弄。

沉重的时刻

此刻有谁在世上的什么地方哭,
无缘无故地在世上哭,
哭我。

此刻有谁在夜里的什么地方笑,
无缘无故地在夜里笑,
笑我。

此刻有谁在世上的什么地方走,
无缘无故地在世上走,
走向我。

此刻有谁在世上的什么地方死,
无缘无故地在世上死,
望着我。

诗两节

有一位神灵,他将众生握在手中,
任他们如沙粒一般从指间流泻。

他挑选出王后中最美丽的美女，
让人用白色大理石将她来雕刻，
从此静卧着，倾听衣褶的乐曲；
他让国王们去陪伴自己的王后，
雕刻他们的大理石同样是白色。

有一位神灵，他将众生握在手中，
任他们如拙劣的刀刃一般断裂。
他不是陌生人，住在我们血液里，
血液是我们的生命，不管沸腾
或是静歇。我无法相信，
他会行不义之事，纵然我听见
许许多多关于他的坏话。

随时准备献出你的美丽……

随时准备献出你的美丽，
无须算计，无须言语。
你缄默，它代你说："我在这里。"
它终将达到每一个人，
带着一千重的意义。

富人和幸运儿倒好沉默寡言……

富人和幸运儿倒好沉默寡言,
没有谁想知道,他们是何等样人。
可是穷光蛋不得不暴露自己,
不得不说:我是个瞎子,
或者:我就要失去光明,
或者:在尘世上我日子难熬,
或者:我的孩子正在生病,
或者:我肢体残缺好不可怜……

也许,光这样讲还远远不够。

因为路人对他们熟视无睹,
他们还必须唱歌弹琴。

于是,便留下了动听的歌声。
自然,很少有谁停下来欣赏;
人家宁肯去听阉人的假声。

只有上帝在他们身旁久留,
因为上帝讨厌那些个阉人。

阅读者

我已经读了很久,
自打这雨声潺潺的下午
躺卧在我的窗口。
室外的风声
　　　我充耳不闻:
我的书又重又厚。
书页对于我
　　　像一张张面孔,
沉思时,神情严肃,
读着它们,时光便在我身边
　　　淤积、滞留。
蓦地,书中一片光明,
书页上遍写着:黄昏,黄昏……
我未及眺望窗外,
长长的文句已经断了线,
　　　四散逃奔……
于是我知道:在一处处
　　　繁花怒放的花园顶头,
天空开阔、明朗;
太阳又再次光临。——

而此刻，夏夜将至：
目力所及，景物稀疏、凌乱，
长街上移动着幢幢人影；
只是远处，好似意味深长地，
听得见还有一些什么在发生。
这当儿，我从书中抬起眼来，
一切都已变得伟大，
没有任何景象再令人吃惊。
在书中，我体验着外界的事物；
这儿那儿，自然都广大无垠。
只要更多地将身心织入其中，
我的双眼便能适应世界万物，
适应芸芸众生严肃的单纯，——
于是大地超越自身，
　　继续生长，
仿佛将包容整个天空：
大地上的最后一所房子
　　就像是天空中的
　　　　第一颗星星。

观看者

在暗淡的日子里，

我从树的摇摆看出风暴来临,
它摔打我的窗户,令它们
胆战心惊;我听见远方的万物
　　在诉说,
没有朋友,我不能将它们忍受,
没有姊妹,我不能给它们爱怜。

风暴是一位改造者,
它穿过树林,穿过时代,
万物似乎都没有年龄:
眼前景物像《圣经》的诗句,
肃穆,庄严,永恒。

我们与之搏斗的,何等渺小,
与我们搏斗的,大而无形;
要是我们像万物一样
屈服于伟大的风暴脚下——
我们也将变得宽广、无名。

能为我们战胜的,只有渺小,
而这胜利本身将使我们渺小。
那永恒的和非凡的,
不肯被我们战胜。

他是一位天使,曾为《旧约》中的
搏斗者,显现身形;
当他的反对者的脚筋
在搏斗中像金属一般绷紧,
它们在他的指间就会化作
根根琴弦,发出深沉的乐音。

这位天使战胜过谁,
谁就总会避免与他抗争,
他将从创造者那只坚强的手中
走出来,昂首挺胸,堂堂正正。
胜利不会邀他赴约。
惨遭失败者将经历
日甚一日的伟大的再生。

《祈祷书》选译

(一九〇五年)

万物都处于循环中……

万物都处于循环中,
我也生活在增长的循环中间,
也许我无力完成那最后一次循环,
可我仍希望尝试一番。

围绕着上帝,围绕着太古之塔,
我旋转,千万年地旋转;
可我还不知道:我是一头鹰,
一场风暴,抑或一首伟大的诗篇。

我爱我生命中的晦冥时刻……

我爱我生命中的晦冥时刻,
它们使我的知觉更加深沉;
像批阅旧日的信札,我发现
我那平庸的生活已然逝去,
已如传说一样久远,无形。

我从中得到省悟,有了新的
空间,去实践第二次永恒的
　　生命。

有时，我像坟头上的一棵树，
枝繁叶茂，在风中沙沙作响，
用温暖的根须拥抱那逝去的
少年；他曾在悲哀和歌声中
将梦失落，如今我正完成着
　　他的梦想。

黑暗啊，我的本原……

黑暗啊，我的本原，
我爱你胜过爱火焰，
火焰在一个圈子里
发光，因此给世界加上了
界限，出了圈子
谁还知道有火焰。

然而，黑暗包罗万象：
物件、火焰、牲畜和我，
以至于一切的一切，
还有人类与强权——

很可能：一种伟大的力
正在我近旁萌动，繁衍。
我信仰黑暗。

我们用颤抖的双手建造你……

我们用颤抖的双手建造你,
一个原子一个原子地将你堆砌。
可是你,大教堂,谁又能够
完成你?

罗马怎么样?
它在崩塌。
世界怎么样?
它将倾圮,
不等你的钟楼托住圆顶,
不等你发光的前额
由亿万马赛克嵌起。

可有时,在梦中
我能将你的殿堂
一览无余,
从深深的地基
到贴金的屋脊。

我看见:我的感官

正在塑造和完成
你最后的修饰。

在世间万物中我都发现了你……

在世间万物中我都发现了你,
对它们,我犹如一位亲兄弟;
渺小时,你是阳光下一粒种子,
伟大时,你隐身在高山海洋里。

这就是神奇的力的游戏,
它寄寓万物,给万物助益:
它生长在根,消失在茎,
复活再生于高高的树冠里。

一个年轻修士的呼声

我正在流逝,正在流逝,
像沙粒,从你的指间。
突然我有了许多感官,
它们都各自充满欲念。
我感觉身上有一百处
在发胀,在疼痛。

然而最痛的还是心田。

我渴望死。让我独处吧。
我相信我会如愿,
会充满恐惧,
以致迸裂我的血管。

你怎么办,上帝,要是我死了……

你怎么办,上帝,要是我死了?
我是你的壶啊,(要是我碎了?)
我是你的酒啊,(要是我败了?)
我是你的衣衫和你的技艺,
失去我你就失去了意义。

没有我你便没有家,那儿
有亲切温暖的话语问候你。
柔软的拖鞋将脱离你疲乏的脚,
因为这拖鞋正是我变的。

你的大衣将从此抛弃你。
我曾用温暖的脸颊迎接你的
目光,做你目光憩休的软榻,

而今它将长久地将我寻觅——
直寻到夕阳西下,终于投入
陌生的石头冰凉的怀抱里。

你怎么办呢,上帝?我真忧虑。

上帝命令我写……

上帝命令我写:

给国王们残忍。
残忍是引导爱的天使,
要是没有这个弧形,
便没桥供我通行,
向时代靠近。

上帝命令我画:

时代是我深深的创痛,
我向它的盘中放进:
清醒的妇女,累累的伤痕,
富足的死亡(让它医治伤痕),
都市可怖的纵酒狂欢,

还有癫狂和国王们。

上帝命令我造:

因为我是时代之王,
而对你,却只是
你的秘密的灰色知情人,
是带着眉毛的眼睛……

它越过我的肩,
从永恒瞻望永恒。

挖去我的眼睛……

挖去我的眼睛,我仍能看见你,
堵住我的耳朵,我仍能听见你;
没有脚,我能够走到你身旁,
没有嘴,我还是能祈求你。
折断我的双臂,我仍将拥抱你——
用我的心,像用手一样。
箍住我的心,我的脑子不会停息;
你放火烧我的脑子,
我仍将托负你,用我的血液。

一切寻找你的人……

一切寻找你的人
都想试探你；
那些找到你的人
将会束缚你，
用图画，用姿势。

我却愿理解你，
像大地理解你，
随着我成熟
你的王国也会
成熟。

我不想从你那儿获得
证明你存在的虚荣。
我知道：时光有自己的
名姓，你有你的
姓名。

不要为我显示奇迹。
让你的戒律合乎情理，

让它们一代一代
更加明晰。

纵然人人都力图挣脱自己……

纵然人人都力图挣脱自己,
就像挣脱仇恨他、禁锢他的牢狱——
世界却出现了伟大的奇迹,
我感到:所有生命都会生存下去。

究竟谁在生活?是万物,
像一支不曾奏出的乐曲,
黄昏时停留在一架竖琴里?
是清风,从湖面上拂来,
是树枝,在相互招手致意,
是花朵,在织造着芬芳,
是林荫道,在渐渐老去?
是野兽奔跑得温暖,
是群鸟腾飞,各自东西?

究竟谁在生活?上帝啊,
你在生活——生活就是你?

村子里立着最后一幢屋……

村子里立着最后一幢屋,
那么孤单,像世界的最后一幢屋。

大路缓缓地延伸进黑夜,
小小的村子留不住大路。

小村子只是一条通道,
夹在两片荒原间,畏怯地,
神秘地,大道代替了房前的小路。

离开村子的人将长久漂泊,
也许,还有许多人会死在中途。

癫狂是位守夜人……

癫狂是位守夜人,
因为他从不打瞌睡。
他随时笑着停下来,
想替夜找一个名讳,
他唤它:7,28,10……

他手里拎着铁三角,
哆哆嗦嗦却敲着了号角,
他不会吹号角会唱歌,
唱一支飘向千家万户的歌。

孩子们睡得甜又香,
梦见了在巡夜的癫狂。
狗儿们却挣脱了铁环,
大摇大摆在屋里转圈,
癫狂过去了它们还在发抖,
担心他将会去而复返。

你是未来……

你是未来,是无边的朝霞
笼罩在永恒的平原上。
你是时间的夜阑的鸡啼,
是晓霞,是晨钟,是处女,
是陌生人,是母亲,是死。

你是变幻无定的形象
从命运中孤独地耸起,
尚未被世人称颂、抱怨,

像莽林还不曾揭开秘密。

你是万物深沉的奥义，
却不吐露本质最后的一句，
你的形象总是因人而异：
你是岸，对于船；
你是船，对于陆地。

在白昼，你只是倾听与诉说……

在白昼，你只是倾听与诉说，
像溪流低语着绕过人群；
钟鸣过后，你只是那
重又慢慢合拢的寂静。

只有当白昼变得虚弱，
眼看着黄昏来临，主啊，
你方才显示出你的存在，
你的王国像炊烟升起在
万家屋顶。

财富啊,我夜复一夜地挖掘你……

财富啊,我夜复一夜地挖掘你。
须知我所见过的世间的富足
都不过是贫穷,以及你自己那
从未显露的美的寒碜的代替。

然而通向你的路可怕地遥远,
久已没有人行走,荒草凄迷。
呵,你孑然一身,像那颗
步向深谷的心。你就是孤寂。

我的手已经挖得鲜血淋漓,
迎着风,我将它们高高举起,
它们像树一样长出了枝丫。
我用它们从空中将你吮吸,
恰似你曾经不耐烦地一甩手,
将自己摔碎了,散落在宇宙里,
眼前你好像又从遥远的星球
坠入大地,轻柔地,像场春雨。

主啊,让每个人按自己的方式死去……

主啊,让每个人按自己的方式死去,
生过、爱过而后死去,
爱有必要,都有意义。

城市总是为所欲为……

城市总是为所欲为,
把一切拖入自己的轨道。
它摧毁生灵,如同朽木;
一个个民族被它焚烧掉。

城里人致力于文明事业,
完全失去了节制和平衡,
蜗牛的行迹被称作进步,
要想快跑就得放慢速度。
他们挤眉弄眼如同娼妓,
制造噪声用玻璃和金属。

他们仿佛中了邪,着了魔,
他们已经完全失去自我;

金钱如东风陡起,转眼间
威力无穷,而人却渺小又
虚弱,只能听任酒浆和
人畜体内的毒汁刺激他们,
去把事业的过眼烟云追逐。

《新诗集》选译

(一九〇七年)

少女之怨

儿时，我们常愿
孤身独处，
觉得甜蜜幸福。
别的人在争吵中
消磨时光，
我们待一旁，
有自己的天地，
以及图画、动物、道路。

我曾以为，生活将
不停地赐予，
我们将继续幻想下去。
在自己心中我不是得到了
最大的满足？
生活难道不再视我为
孩子，给我安抚？
突然间我像遭到了放逐。
当我的胸部小丘隆起，
感情长上了翅膀，
呼唤着寻找归宿，

孤寂随之也超出了
我能忍受的最大限度。

恋　　歌

我该怎样把握我的灵魂，
使它不与你的灵魂亲近？
我该怎样使它越过你，
去关注许多别的事情？
唉，我愿在冥冥的虚无中，
在一个陌生而宁静的所在，
为它寻找归宿，在那儿
它不因你灵魂的振动而共振。
然而，一切只要碰着你和我，
就会将我俩连接在一起，
好像一只弓搭上两股弦，
只能奏出一个和音。
我俩张在了怎样的琴上？
谁将会演奏我们？
呵，甜蜜的歌声！

牺 牲

自从认识你,我身上的
每一根血管都发出
更加馥郁的香气;
我昂首挺胸,身躯变得更加修长,
你等着瞧吧——你到底是谁呢?

我感到自己正逐渐消逝,
正将旧叶一片片地落去,
只有你的微笑像莹洁的星光,
即将照临我,如现在照临你。

我童年时代一切无名的
像水一样闪光的事物,
我将在祭坛前命名,用你的名字,
你的秀发是照亮祭坛的明烛,
你的乳房是装点祭坛的花枝。

东方的白昼之歌

这张床难道不像一片海滩,

一片我们躺卧的狭窄的海滩？
唯有你高耸的乳峰那么真实，
它们超越我的感觉，令我晕眩。

须知这充满喊叫声的夜晚，
这兽群相互嗥叫、撕裂的夜晚，
它对我们不是可怕地陌生？
还有那屋外冉冉升起的所谓白昼，
难道它对我们比黑夜自然？

让我们相互紧紧搂抱在一起，
就像花瓣将花蕊环绕：
世上无处不充满不测，
它高高堆积起来，向我们倾倒。

然而当我们紧紧偎依在一起，
不理会周围逼近的危难，
恐惧就将离开你的和我的心田，
因为我们的心灵活着，靠背叛。

佛　　祖

他像在聆听：静穆，旷远……

我们屏神凝息,却什么也听不见。
他是一颗星。其他巨星环拱着他,
我们却看不到其他的星。

啊,他是宇宙。真的,我们等着,
他能否看见我们?可需要看见我们?
此刻,当我们拜倒在他脚下,
他会像一头牲口,迟钝而又深沉。

须知那迫使我们跪倒在他脚下的力,
在他体内已经旋转了千百万年,
我们知道的,他将会遗忘,
却知道如何为我们将迷津指点。

诗人之死

他躺着,头靠高枕,
面容执拗而又苍白,
自从宇宙和对宇宙的意识
遽然离开他的知觉,
重新坠入麻木不仁的岁月。

那些见过他活着的人们

不知他原与天地一体，
这深渊、这草原、这江海
全都装点过他的丰仪。

呵，无边的宇宙曾是他的面容，
如今仍奔向他，将他的眷顾博取，
眼前怯懦地死去的是他的面具，
那么柔弱，那么赤裸，就像
绽开的果肉腐烂在空气里。

囚　　徒

我的手仅仅还会一个动作，
它用这个动作进行驱赶；
潮湿从岩顶坠落到古老的
石头上，滴滴点点。

我只听见这滴落声，
心跳合着它的节拍；
一旦滴落声消失，
我的心跳也将终结。

但愿它滴落得更快，

但愿还有一头野兽来到。
有个地方曾经更加光明,——
可在哪儿,我们不知道。

豹
——于巴黎植物园

在铁栏前不停地来回往返,
它的目光已疲倦得什么都看不见。
眼前好似唯有千条的铁栏,
世界不复存在,在千条铁栏后面。

柔韧灵活的脚迈出有力的步子
在一个小小的圆圈中旋转,
就像力之舞环绕着一个中心,
在中心有一个伟大的意志晕眩。

只是偶尔无声地撩起眼帘,
于是便有一幅图像侵入,
透过四肢紧张的寂静——
在心中化作虚无。

诗　　人

时光啊,你为何离我远走?
你振动双翅,留下伤痕在我心头。
孤独一人,叫我怎样开口?
怎样打发夜晚?打发白昼?

我没有爱人,没有家,
没有生存的立足之地。
我歌唱的一切全变得富足,
唯有我自己遭到它们遗弃。

女人的命运

就像在行猎途中,国王抓起
一只杯子——随便一只杯子饮水,
事后主人就把它收藏起来,
似乎从此它便不复存在:

命运有时也会感到焦渴,
也捧一个女人到嘴边啜饮,
随后也将她置于一旁,

怕的是碰碎这嫩弱的生命。

她被放进战战兢兢的玻璃橱，
橱里收藏着命运的稀珍
（或者被误认为稀珍的废物）。

在橱中，她陌生、孤独、被遗忘，
她很快变老、变盲，一钱不值，
女人的命运啊历来如此。

离　　别

我算尝够了离别的苦味。
我认识了它，这个阴郁、乖戾、
残忍的怪物，它把美好的结合
再现在你面前，然后将它撕碎。

我怎能不加抗拒地任她留下，
当她呼唤着我的名字送我离去，
她就像所有女人一样地伤心，
然而却格外地娇小、白皙。

她挥着手，轻轻地、长久地

挥着手,但已经不是对我;
我简直不明白:也许有一只
杜鹃,它匆匆飞离李树上的窝。

1906年自画像

眼球的虹膜内反映出
古老贵族世家的坚毅。
目光仍带着儿时的畏葸和青莹,
时时流露出卑怯,却不像个
奴仆,而像个效命者和妇人。
生着一张有样的嘴,大而清晰,
不善说服劝诱,然而正直并能将
原委述清。额头生得没有缺陷,
只是低头沉思,便会覆上一片阴影。

作为整体才开始被朦胧地感觉;
还从未在痛苦里或成功中
聚合起来,完成持久的突破,
然而远远地,仿佛正用零星之物
设计着一个严肃的实在。

美人儿

威尼斯的太阳像位炼金术士
在我发间将黄金熔炼。
我的双眉搭在眼上像一座桥,
桥下是默不作声的危险。

有一条无人知晓的暗道
将它们紧紧与运河相连,
大海的潮涨潮落、万千变化
同样在我的眼里显现。

谁只要见过我,谁就会羡慕
我的爱犬,暇时我常抚摩它,
用惯于玩火但不会灼伤的
素手纤纤。

多少年轻人——
这些古老家族的苗裔和希望,
他们毁了,在我带毒的唇间。

佛祖塑像

来自异乡的畏葸的朝圣者，
老远已感觉他身上滴着黄金；
仿佛富人们曾经满怀悔恨，
用自己的隐私堆成他的金身。

可走近了，朝圣者又惑于
他这眉宇间的高洁，
那并非富人家的酒具或者
耳环，后者属于他们的妻妾。

有谁能说出，是些什么东西
熔化了，为了在莲座上
将这尊熠熠鎏金的佛祖像
竖立：比金子还静穆，
还纯洁，既与周围空间，
也与自身，紧相衔接。

西班牙舞女

像掌心中一根火柴，白白的，

在燃起火焰之前；然后向四方
吐出抽动的舌头，在面前的
观众圈里，急促、明亮、热烈地
抽动着，展示出娴熟的舞姿。

她突然变成了一团火，千真万确。

用目光，她将自己的头发点着，
大胆而熟练地猛然旋动浑身的
衣裙，化作熊熊燃烧的烈焰一片，
从烈焰中窜出一条条响尾蛇，
那是她伸展的赤裸手臂，打着响板。

随后，仿佛她嫌火焰太微弱，
便将它聚集拢来，威严而高傲地
一挥手，将它掷到地上；
瞧，它躺在那儿，不肯屈服，
仍一个劲儿地燃烧，像发了狂。
可她呢，胜利地，信心十足地，
甜蜜而媚人地扬起她的脸庞，
伸出娇小而结实的脚，将火踏灭。

精神病人

他们沉默无言,只因隔墙
已从意识中抽去;
世人能理解他们的时光
很快将成为往昔。

可夜里他们走到窗前,
突然一切又十分美好。
他们的手变得实实在在,
心又高尚而且能祈祷。

他们的眼安详地注视着
开阔、宁静而整洁的花园,
看它在陌生世界的反光中
欣欣向荣,年复一年。

老处女

她戴着那手套,那帔巾,
轻轻地,像是已经死去。
一股来自她衣橱的气味

挤跑了悦人的芬芳馥郁,

从前,她凭着它认识自己,
眼下她久已不问她是谁?
(就像一位远房的亲戚,)
只是心事重重地四处走,

一门心思只在那小小的
房间,将它清扫,将它整理,
因为里边也许仍然住着
那正当青春妙龄的少女。

海之歌
——作于卡普里

旷古的海风
吹起在夜半,
到不了人间;
唯有孤独的失眠者,
他必须考虑
如何将你承担。
旷古的海风
强劲地吹刮,

仿佛只为了巨岩,
只为在它身上
撕开空隙一片……
啊,还有山顶上,
月光中,一株繁茂的
无花果在全心将你体验。

杂 诗

黄昏是我的书……

黄昏是我的书。书封
是锦缎般明丽的紫霞；
用冰凉的手，我从容地
将它的黄金扣针取下。

读第一页，我已幸福陶醉：
它的声调是如此亲切；
读第二页，我已进入梦境，
在梦中开始了第三页。

我如此地害怕人言……

我如此地害怕人言，
他们把一切全和盘托出：
这个叫作狗，那个叫房屋，
这儿是开端，那儿是结束。

我怕人的聪明，人的讥诮，
过去和未来他们一概知道；
没有哪座山再令他们感觉神奇，

他们的花园和田庄紧挨着上帝。

我不断警告、抗拒：请离远些。
我爱听万物歌唱；可一经
你们触及，它们便了无声息。
你们毁了我一切的一切。

姑娘之歌（节译）

序　曲

姑娘们，你们像一座座花园，
在四月里的黄昏：
春已经四处奔走，
只是归宿尚无处找寻。

1

我漫步在一条条大街上，
街旁边坐着一群群姑娘，
她们一个个皮肤黝黑，
全都惊奇地将我张望。

终于其中一个唱起歌来，

随后大伙儿都露出笑容,
打破沉默,齐声合唱:
姊妹们啊,我们得让他瞧瞧,
我们是什么样的人。

2

你们全都是王后和富人。
你们的歌珍贵,赛过了
那鲜花盛开的树林。
可不是吗,春天脸色苍白?
然而她最爱做的那些梦,
就像池塘中的睡莲,
比她的脸色更苍白。

姑娘们啊,你们马上就会感到:
你们现在都是王后和富人。

4

姑娘们,你们像一些
小船,永远地系在了
时光的岸边——
你们因此那样地苍白;
不假思索地,你们想把自己

委身给风:
那宁静的池塘
是你们的梦。
有时河风吹走你们——
直至铁链紧绷,
你们于是爱上了他:
"姊妹们啊,我们成了天鹅,
我们拽住一绺金发,
拉起来神奇的贝壳。"

11

花园斜坡上的姑娘,
她们笑了很久;
就像长途跋涉,
她们感到疲乏,
她们歌已唱够。

柏树林中的姑娘,
她们浑身颤抖:
是时候了,她们
还不知道,
她们归谁所有。

纵令世界瞬息万变……

纵令世界瞬息万变,
像天空中的云象,
一切已经完成的事物
仍将恢复远古的模样。

广阔而又自由地,
在一切的变动之上,
弹奏七弦琴的神呵,
回荡着你不变的歌唱。

还未曾认识苦难,
还未曾学会爱情,
死亡怎样分离我们
还是个未曾揭开的谜。
唯有你的歌回荡着,
庄严而神圣。

呵,告诉我,诗人……

呵,告诉我,诗人,你干什么?
　　　　　——我赞颂
可那致命的,狂暴的
你怎么对待,怎么承受?
　　　　　——我赞颂
那无名的,还有匿名的,
你怎么呼唤它们,诗人?
　　　　　——我赞颂
你从何处得到权力永远真实,
不管穿什么衣服,戴什么面具?
　　　　　——我赞颂
哪怕宁静如星座,狂暴如风雷,
万物都同样认识你,为什么?
　　　　　——因为我赞颂

附录1

小园中

〔奥〕里尔克

　　里尔克,奥地利诗人兼小说家和散文家,欧美现代派象征主义诗歌的主要代表。最重要的作品有:诗歌《祈祷书》《图像集》《新诗集》《新诗续集》《杜伊诺哀歌》和《给奥尔弗斯的十四行诗》,长篇自传体小说《马尔特·劳里茨·布里格手记》,短篇小说《博胡施国王》,以及《致青年诗人的十四封信》等大量书信。

　　《小园中》几乎没有什么故事情节,只是一男一女短暂相处,是男方心理和行为的随笔式速写。语言的生动精练和观察的细致入微,显示作者是位大师。本文所揭示的世风不正、道德沦丧现象虽说司空见惯,却也耐人寻味。

　　一个人有时候会产生些莫名其妙的想法……就譬如说昨天吧。当时,我又和露西夫人并排坐在她家别墅前的小园里。年轻的金发夫人默默无言,一双目光深沉的大眼睛仰望着黄昏时锦缎般绚丽的天空,手里当扇子似的轻轻摇着一块布鲁塞尔花边手绢。一股香风儿撩得我心痒痒的,不知是来自她这扇动的手绢呢,还是来自那株丁香树?

"这株美丽的丁香可真……"我说——纯粹是无话找话罢了。须知,沉默乃是一条神秘的林中小径,在这条小径上时常会有种种见不得人的思想悠然出没啊。所以,千万沉默不得!

这当儿,她闭上眼睛,头往后靠着,使自己线条细腻的眼睑完全沐浴在夕照之中。她的鼻翼微微颤动,宛如一只在鲜嫩的玫瑰花上吮吸花露的小小蝶儿的翅膀。她的一只手不经意地搭在我的椅子扶手上,紧挨着我的手。我的手指尖儿似乎感到了她的手在轻轻颤抖——不,岂止是手指尖儿!这个感觉流贯了我的全身,一直涌到我的脑子里,使我失去了全部思想——只剩下唯一一个……这个唯一的想法很快成了形,就像山区暴风雨前迅速聚集起来的一片乌云似的:"她是别人的妻子哩……"

见鬼!这不是我早就知道的吗?况且这个别人,还是我的朋友呐——然而今天,这个奇怪的想法,一而再再而三地出现在我的脑海里;我觉得自己好似一个乞儿,眼睁睁瞅着面前点心店橱窗里的精美糕点,可望而不可即……

"您在想什么呢,夫人?"——我硬把自己从想入非非中拖出来。

她嫣然一笑:"您可真像他啊!"

"像谁?"

她转过脸来望着我,坐直了身子:"像我已经广故的哥哥!"

"这样!他故世时年轻吗?"

她叹了一口气：

"很年轻啊。他饮弹自尽了。可怜的人！他长得仪表堂堂，非常英俊。您等着，我这就去拿他的相片给您看。"

"您弟兄多吗？"我引开话头。

她却似乎压根儿不曾听见。她用秋波盈盈的目光盯着我的脸，叫人心慌意乱。她那对眼睛，大得来就像整个天空似的。"瞧您这眼睛的神情，瞧您这嘴……"她做梦似的喃喃着。

我努力冷静地瞅着她的面孔，可是很难办到。她细细地端详了我好一会儿，然后把椅子移近我身边，用亲切感人的语调讲起她的哥哥来。她声音很低，头几乎靠着我的头，使我闻到了她那金发上散发出的幽香。对昔日的幸福与痛苦的生动回忆，使她的眸子更加明亮，脸庞更加鲜艳。我为她火热的激情所感染，觉得自己对她的容貌是如此的熟悉，仿佛我就真是那个她所怀念的亲人似的。这双眼睛……这张嘴……我想——这就是我自己的脸哩，不同的只是更加高贵，更加细腻罢了……终于，她讲不下去了，开始啜泣起来，把小巧玲珑的脑袋埋在布鲁塞尔花旁边；而我呢，便几乎喊出来：我就是他！就是他！

陶醉在幸福里，竟在生前就有这样一位女子为我痛哭流涕……不知不觉间，我伸出手去轻轻抚摩她那被晚霞映红了的头。她毫不表示反对。后来，她抬起泪光晶莹的眸子，若有所思地说："要是他还活着，我俩就会永远生活在一起，我一辈子也不肯嫁人的……"

我听得出了神。这时候，她完全控制不住自己的感情，哭得跟个泪人儿似的了。

我望着西下的夕阳,心里嘀咕:"她是别人的妻子哩……"可是这想法经她一哭,就给哭跑了。还没等落日完全隐没在紫色的山冈背后,她那娇小的脑袋已经贴在我胸前,蓬松的金发弄得我的下巴颏儿痒酥酥的。接着,我便吻干了露西夫人脸颊上露珠儿般莹洁的泪水。随着头几颗苍白的星斗出现在夜空中,她的红唇也绽开了甜蜜的笑意……

一小时后,我在园门旁碰上了她归来的丈夫。在他向我伸出手来的当儿,我才发现自己的领带上黏着一粒香粉。这粒该死的香粉!我眼睛一直盯着它,在匆匆伸出右手去与我那朋友相握的同时,左手却努力想把它弹去……

附录2

老人们

〔奥〕里尔克

里尔克这篇作品的情节更加淡化,差不多仅仅是人物和场景的简单速写。尽管这样却让读者深深感受到作者身为西方现代派代表人物所表现的思想和情感,即老年人的晚景凄凉落寞,人生实在是无奈。可耐人寻味的是结尾处那"几朵可怜巴巴的小花儿",它们像一缕阳光,照射进老人们晦暗的心里。

彼得·尼古拉斯先生在他75岁那年已把许许多多事情忘记了:他不再有悲哀的回忆和愉快的回忆,也不再能分清周、月和年。只是对一天中的变化,他还算依稀有点印象。他目力极差,而且越来越差,落日在他看来只是一个淡紫色光团,而早上这个光团在他眼里又成了玫瑰色。但不管怎么讲,早晚的变化他毕竟还能感觉出来。一般地说,这样的变化使他讨厌,他认为,为感觉出这变化而花力气,是既不必要又愚蠢的。春天也好,夏天也好,对于他都不再有什么价值。他总归感到冷,例外的时候是很少的。再说，是从壁炉取暖，还是从阳光取暖，在他也无所谓。他只知道，用后一种办法可以少花许多钱。所以，他每天便颤颤巍巍地到市立公园去，坐在一株菩提树下的长靠椅上，在老人院的老彼庇和老克里斯多夫中间，晒起太阳来。

他这两位每天的伙伴，看模样比他年岁还大一些。彼得·尼古拉斯先生每次坐定了，总要先哼唧两声，然后才点一点脑袋。这当儿，他左右两边也就机械地跟着点起头来，好像受了传染似的。随后，彼得·尼古拉斯先生把手杖戳进沙地里，双手扶着弯曲的杖头。再过一会儿，他那光光的圆下巴托在手背上。他慢慢向左边转过脸去瞅着彼庇，尽目力所能地打量着他那红红的脑袋。

彼庇的脑袋就跟个过时未摘的果子似的，从臃肿的脖子上耷拉下来，颜色也似乎正在褪去，因为他那宽宽的白色八字须，在须根处已脏得发黄。彼庇身体前倾，胳膊肘支在膝盖上，时不时地从握成圆筒形的两手中间向地上吐唾沫，在他面前已经形成一片小小的沼泽地。他这人一生好酒贪杯，看来注定了要用这种"分期付款"的方式，把他所消耗的液体都一点点吐出来吧。

彼得先生看不出彼庇有什么变化，便让支在手背上的下巴来了个180度的旋转。克里斯多夫刚刚流了一点鼻涕，彼得先生看见他正用哥特式[①]的手指头，从自己磨得经纬毕现的外套上把最

[①] 欧洲中世纪流行的建筑式样，其特点为多有高矗的尖塔作为装饰，这里用以形容老人的手指十分瘦长。

后的痕迹弹去。他体质孱弱得令人难以置信，彼得先生在还习惯于对这事那事感到惊奇的时候，就反复地考虑过许多次：骨瘦如柴的克里斯多夫怎么能坚持活了一辈子，而竟未折断胳膊腿儿什么的。他最喜欢把克里斯多夫想象成一棵枯树，脖子和腿似乎都全靠粗大的撑木给支持着。眼下，克里斯多夫却够惬意地、微微地打着嗝，这在他是心满意足或者消化不良的表现。同时，他没牙的上下颚之间还老是磨着什么，他那两片薄薄的嘴唇看来准是这样给磨锋利了的。看样子，他的懒惰的胃脏已经消化不了剩下的光阴，所以只好尽可能这样一分一秒地咀呀嚼呀。

彼得·尼古拉斯先生把下巴转回到原位，睁大一双漏泪眼瞅着正前方的绿荫。穿着浅色夏装的孩子在绿树丛中跳来跳去，像反射的日光一般晃得他很不舒服。他耷下眼皮，可并没打瞌睡。他听见克里斯多夫上下颚磨动的轻轻的声音和胡子茬儿发出的喊嚓声，以及彼庞响亮地吐唾沫和拖长的咒骂声。彼庞骂的要么是一只狗，要么是一个小孩，因为他们老跑到跟前来打搅他。彼得·尼古拉斯先生还听见远处路上有人耙沙砾的声音，过路人的脚步声以及附近一只钟敲十二点的声音。他早已不跟着数这钟声了，可他仍然知道时间已是正午；每天都同样地敲呀，敲呀，谁还有闲心再去数呢。就在钟声敲最后一下的当儿，他耳畔响起了一个稚嫩可爱的声音：

"爷爷——吃午饭啦！"

彼得·尼古拉斯先生撑着手杖吃力地站起身来，伸出一只手去抚摸那个十岁小女孩的一头金发。小女孩每次都从自己头上把老人枯叶似的手拉下去，放在嘴唇上吻着。

随后，她爷爷便向左点点头，向右点点头。他左右两边也就机械地点起头来。老人院的彼庇和克里斯多夫每次都目送着彼得·尼古拉斯先生和金发小姑娘，直至祖孙二人被面前的树丛遮住。

偶尔，在彼得·尼古拉斯先生坐过的位子上躺着几朵可怜巴巴的小花儿，那是小姑娘忘在那里的。瘦骨嶙峋的克里斯多夫便伸出哥特式的手指拾起它们，回家的路上把它们捧在手里，像什么珍奇宝物似的——这时候红脑袋彼庇就要鄙夷地吐唾沫，他的同伴羞得不敢瞧他。

回到老人院，彼庇却抢先走进卧室里去，就跟完全无意似的把一个盛满水的花瓶摆在窗台上，然后便坐在一个黑暗的角落里，等着克里斯多夫把那几朵可怜巴巴的小花儿插进花瓶中。

附录3

里尔克年谱

1875年12月4日,生于捷克布拉格,父名约瑟夫,系铁路公司职员;母名索菲,富有文化教养。

1882年,上德语国民小学。

1886年,遵父命入圣·泼尔滕军官学校。父母离异。

1890年,升入高级军事中学,不久因体弱多病辍学。

1891年,转入林茨商学院学习。

1894年,出版《生活与诗歌》。

1896年,进慕尼黑大学。

1897年,结识女作家露·安德雷阿斯-莎乐美以及斯蒂芬·乔治和霍普特曼。

1898年,游历意大利。

1899年,随莎乐美游俄罗斯,访列夫·托尔斯泰。

1900年,在莎乐美陪伴下再游俄罗斯,二度访问托尔斯泰。

1901年,与雕塑家克拉拉·威丝特霍芙结婚,同年12月女儿露特诞生。

1902年，旅居巴黎，出版《图像集》。

1903年，再游意大利。

1905年，留居巴黎，成为雕塑大师罗丹的秘书，动笔写《马尔特·劳里茨·布里格手记》。

1906年，离开罗丹。父亲去世。出版《乃特·克里斯多夫·里尔克的爱与死之歌》。

1907年，开始创作《新诗集》。

1908年，创作《新诗续集》。

1909年，周游法国南部。结识土仑与塔克西之玛丽公主。

1910年，应玛丽公主之邀在杜伊诺古堡小住。游威尼斯。完成《马尔特·劳里茨·布里格手记》。

1911年，访埃及，后独居杜伊诺古堡。

1912年，作《杜伊诺哀歌》第一、第二首。

1914年第一次世界大战爆发，1916年应征入伍，在维也纳军事档案室工作，不久离职。

1917年，迁居慕尼黑。大战中创作停滞。

1921年，发现米索古堡。读瓦莱里作品。

1922年，在米索完成中断了十年的《杜伊诺哀歌》，开始写《献给奥尔弗斯的十四行诗》。

1923年，译瓦莱里诗，加工《杜伊诺哀歌》和《献给奥尔弗斯的十四行诗》。

1924年，生病住疗养院。瓦莱里来访。

1926年12月29日,患白血病逝世。

1927年1月2日,安葬在离米索古堡数里之遥的拉龙教堂的南墙下。

译后记

奥地利诗人里尔克是西方现代诗坛一位影响深远的大家，在我国名声也非常响亮，然而其作品译成中文的却极少。译他的诗，不但比我过去译的小说难，也比译海涅和歌德等古典作家的诗歌要难。特别是他晚年的作品，几乎就令我相信，诗不可译的说法确有道理。

难固然难，译还得译。于是尽量搜齐诗人的各种集子，挑挑拣拣，从中尽量筛选出了这几十首可读性强一些的。具体地讲，我在选译过程中时刻想着我们广大的读者，力图使这个选本里的篇什，第一能正确传达原著思想，第二能尽可能地富有诗味、诗意，第三在不损害思想和诗味的前提下，保留原著的格调、韵律，但力避生硬和勉强。用所谓亦步亦趋法译诗，据说是为了引进新的艺术形式，使我国的诗歌创作界获得裨益。但这毕竟是少数人的事，那就请少数功力深厚的前辈去做吧。笔者不敢对原诗的格律音韵亦步亦趋，以为这无异于戴着锁链跳舞，吃力不讨好。总之，这部小小的诗选所追求的，首先是让广大不能直接读原文的读者能接受、欣赏，其次才是为我国诗歌界提供借鉴。作为里尔克在中国的第一个译诗集，缺点和错误难以避免。本意是一愿起到抛砖引玉的作用，二愿得到读者和专家的指正。

稿子送交给出版社，心中感到如释重负般轻松、愉快。此刻，我不由想起远在维也纳的年轻女汉学家安柏丽博士（Dr. Barbara Ascher），是她热情、慷慨地为我搜集和购买了大多数的原文本。应该说，里尔克诗歌的这个中译本得以送到你们——亲爱的读者手中，也有她的一份劳绩。

杨武能谨识

1987年10月于重庆歌乐山舍